图画书研究 MOOK

画里话外

Within Pictures Beyond Texts

02

叙事

阿甲 [法]苏菲·范德林登 [美]伦纳德·S.马库斯 / 主编

南京大学出版社

图书在版编目（CIP）数据

叙事 / 阿甲等主编. -- 南京：南京大学出版社，
2019.11（2021.5 重印）
（画里话外）
ISBN 978-7-305-08618-2

Ⅰ.①叙… Ⅱ.①阿… Ⅲ.①儿童故事－图画故事－
叙事文学－文学研究 Ⅳ.① I058

中国版本图书馆 CIP 数据核字（2019）第 220589 号

Aa.Vv, Hor[s] Cadre, n. 12, La narration aujourd'hui,
© L'Atelier du Poisson Soluble, 2013
Simplified Chinese translation copyright © 2019 by TB Publishing Limited
All rights reserved.

江苏省版权局著作权合同登记 图字：10-2019-206 号

出版发行	南京大学出版社
社　　址	南京市汉口路 22 号
邮　　编	210093
出 版 人	金鑫荣
项 目 人	石　磊
策　　划	刘红颖
特约策划	奇想国童书
丛 书 名	画里话外
书　　名	叙事
主　　编	阿　甲　［法］苏菲·范德林登　［美］伦纳德·S.马库斯
责任编辑	张　珂
责任校对	邓颖君
特约编辑	郑先子　郑宇芳　殷学连
装帧设计	田丽丹
印　　刷	北京利丰雅高长城印刷有限公司
开　　本	880×1230　1/16　印张　6.75　字数　170 千
版　　次	2019 年 11 月第 1 版　2021 年 5 月第 2 次印刷
印　　数	4001-6000
ISBN 978-7-305-08618-2	
定　　价	78.00 元

网　　址　http://www.njupco.com　　　官方微博　http://weibo.com/njupco
官方微信号：njupress　　　　　　　　　销售咨询热线：（025）83594756

★ 版权所有，侵权必究
★ 凡购买南大版图书，如有印装质量问题，请与所购图书销售部门联系调换

画里话外

目 录

主编的话

01 中国图画书叙事艺术的传统与现代

04 创新与叙事的双人舞

06 美国图画书的叙事艺术

话　题

08 图画怎么讲故事
　　——图画书中的图像叙事

聚　焦

14 克劳德·旁帝：出发，去探寻不一样的世界

话　题

16 "中国风图画书"叙事的标志性特征与发展

聚　焦

22 玛格丽特·怀兹·布朗：重新想象图画书

创作谈

30 让一个有趣的故事拥有深意
　　——《天啊！错啦！》的创作与思考

话　题

34 现代图画书将走向何方？
　　——法国图画书叙事艺术的发展

聚　焦

38 谁的狐狸？
　　——我眼中的林明子

访 谈

40 作家要不断地挑战
　　——对话热血作家彭懿

话 题

48 儿童视角成为儿童的"我"视角

聚 焦

52 以《萝卜回来了》为例看中外图画书叙事

人物志

58 写作与生活
　　——夏洛特·佐罗托的女儿追忆母亲最后的时光

话 题

64 世纪争论：教还是不教？
　　——美国图画书中的说教主义

聚 焦

70 奥利维耶·杜祖：叙事与绘画中的恒定元素

创作谈

76 故事背后的故事
　　——解析央美绘本创作工作室教学案例

话 题

82 女性图画书创作者的奇幻世界

聚 焦

86 《野兽国》的原始文本来自《大绿皮书》？

访 谈

94 打破常规，不只用一种形式讲故事
　　——邦雅曼·肖的创作背后

荐 书

98 9本与叙事相关的专业书籍

我的第一本图画书

104 大眼睛和她的《光》

中国图画书叙事艺术的传统与现代

[主编的话]

文／阿甲

在中国讨论图文叙事，必然会谈到中国文化的特殊性，这在一定程度上也成了确保"政治正确"的话题。中国艺术家在图画书领域探索的经验尚浅，但在连环画领域有着深厚的积淀。老一辈的评论家蔡若虹在概括连环画名宿戴敦邦的艺术成就时断言："他的画会说中国话。"这在当时是业内很高的评价，评论者特别强调其造型具有民族传统的、能"让观众看懂"的图像叙事特点。

2018年夏天，在中央美术学院绘本创作工作室一群年轻艺术家创作的《给儿童的诸子百家寓言以及典籍里的童趣故事》的发布会上，两位老一辈的连环画名家在对话中产生了非常有趣的思想碰撞：沈尧伊强调坚守传统的中国艺术家高超的造型与具象叙事能力，而于大武则强调与国外同行交流学习的必要性，特别强调在编辑、创作图画书时对儿童与童书的重新认识。在我看来，这一碰撞颇具代表性与象征性，或者可以换个角度来看，在那种被刻意强调的中外文化之别的背后，多多少少不过是传统与现代的差别。仔细想来，许多经典连环画所采用的具象叙事手法，所展现的成熟的写实技术，其实也来自西方，不过更多来自现代主义之前的古典主义，只是被吸纳的时间长了，渐渐成为主流，成为传统，也成了"中国话"。

如今在图画书领域相当活跃的创作前辈们，如蔡皋、于大武、朱成梁、王祖民、周翔等，早年都曾从事连环画创作。但用连环画形式叙事的经验似乎对创作图画书帮助不大，有的创作者甚至认为因此产生的积习需要努力摈除。这一群创作者的身份多是美术编辑，大概在二十世纪八九十年代间转向图画书创作，最初对这种叙事形式几乎一无所知。他们从各种对外交流的渠道接触到来自国外的图画书，得以参照、模仿，或是受出版机构（主要是日本与中国台湾地区）的邀请，合作创作图画书，在这个过程中，获得了与富有经验的图画书编辑大量交流的机会。

传统题材与民间故事，是早期图画书叙事内容的主流，即使是他们为日本和中国台湾地区的读者创作的作品也不例外。除了文化的相似性外，创作者自身的能力和偏好也是选材很重要的原因。要想创作出贴近儿童生活、富有童趣的作品，似乎远比画一个《聊斋》中的故事难得多。而作为传统题材与想象力奇特的幻想故事，又可满足"儿童需要幻想"的需求，《聊

向华，绘本创作工作室
《给儿童的诸子百家寓言以及典籍里的童趣故事》
小活字图话书／中信出版集团

蔡皋
根据《聊斋志异·贾儿》改编
《宝儿》
信谊／明天出版社

邹朝祝，蔡皋
《晒龙袍的六月六》
湖南少年儿童出版社

斋》也成了一个图画书选材宝库，从作品的丰富性而言，可与《西游记》和各地各民族的民间故事相匹敌。

如何跨出成年人的"童年乡愁"与成年人立场的"童年想象"，回到富有趣味和活力的真实童年状态，可能是我们的创作者要共同面临的课题。早在二十世纪五六十年代，就曾经诞生过一批富有生命力的儿童故事，图画故事书《萝卜回来了》就是此中杰出的代表之一。这一源于成人世界的真实故事，经过童话式的变形，再加上可爱又富有创意的图像叙事，不但征服了当时的中国孩子，几经辗转改编，还成了日本与欧美的经典图画书，有的版本甚至把它误传为传统民间故事。不过这恰好说明，无论是传统叙事还是民间叙事，大家都不会拒绝真正的好故事。而在一种文化中真正打动孩子的故事，也很可能会在另一种文化中打动孩子们。当适合的读者对象年龄越小时，所谓的视觉叙事文化差异就越小，不信你看看艾瑞·卡尔（Eric Carle）的《好饿的毛毛虫》，会在哪国的儿童文化中水土不服？

文化差异当然是存在的，《萝卜回来了》在世界各地的不同版本也是明证，但如果这种叙事偏好上的差异不被视为"民族自信"的标杆，我们完全可以将之视为一种祝福：不同文化背景的艺术家们，在图文叙事的丰富

性上，为人类大家庭合力做出贡献，图画书世界因此变得更加美好。

回到当下正在蓬勃兴起的中国大陆原创图画书，也许现代性才是最迫切的需求。这里面包括对童年的认识和理解，也包括对图画书特有的图文叙事语法的理解，还包括在视觉艺术形式上的大胆探索。对童年骨子里的轻视来自传统积习，但图画书可能蕴藏的创造力往往与创作者的童年状态有关。而视觉艺术形式的表达与欣赏，实际上是现代社会中很重要的一种文化素养。作为创作者，无论是选择传统元素还是当代元素，无论是选择具象叙事或非具象叙事，都必须在个性表达与儿童（大众）接受之间达到恰当的平衡，自觉把握艺术心理学中的一些基本规则仍然非常必要。

说到现代性，其实与民间艺术一点儿也不矛盾，创作者可以从民间艺术中借用大量的素材和表现手法，但图文叙事仍然可以非常现代。在这方面，熊亮可能是中国创作者中最为努力和成功的实验者。而朱成梁的《别让太阳掉下来》最让人赞佩之处，正在于借用十足的传统元素展开了颇具现代性的讲述——这种"中国话"，哪国的孩子都能听懂。而央美的绘本创作工作室作为一个人才培育阵地的长期耕耘，也催生了一个不可小觑的新锐创作群体。

沉迷于图画书的人，恐怕不得不成为国际主义者，因为沉浸的时间越久，就越有可能发现蕴藏于其中的"世界语"，那正是这种特有的图文叙事形式中最迷人的部分。❖

郭振媛，朱成梁
《别让太阳掉下来》
中国和平出版社

创新与叙事的双人舞

文／苏菲·范德林登
译／李学敏

在最近几十年的畅销绘画作品榜单中，富有想象力的作品越来越多，并开始向衡量好作品的一些标准提出了挑战。而图画书和漫画的创作者也开始注重形式上的创新，并着力追求新颖独特的图画表现形式或叙事方法。

我们或许可以认为，所有这些创造性的领域都在寻求革新的过程中，经历了属于自己的现代主义时代。

现代主义明确了艺术是独立于以文学为首的叙事形式而存在的，且每一种媒介、每一个艺术流派都致力于摆脱具象的表现形式。所有的创作都着眼于自身最本色的价值，无论是线条、图形，还是颜色。艺术史的发展也向我们展示了很多现当代艺术家在这方面的激进态度，以及他们对具象叙事的抗拒。

在图像文学，特别是图画书这一领域，叙述故事、想象出事物，以及更常见的线性叙事结构，曾经都被看作不够大胆。或许是因为上述内容和风格从根本上说都太过于按部就班，太传统了……也或许是因为我们有必要强调文本本身的价值。但事实上，正是在这一时期内，涌现出了很多令人眼花缭乱的工艺和千变万化的风格：油画、拼贴画、摄影等。而在出版领域，工艺的革新不再受技术条件的限制，任何工艺都可以得到完美实现，线条和色彩的运用也不再是占据主导地位的考量标准。我们也不应该再强调传统的绘画表现形式在视觉文学中至高无上的地位。

评论界也在很大程度上对这些革新做出了反应，并由此催生了一些新的趋向，以及代表新潮流的创作者。迈向数字化时代（尽管演变缓慢）的进程促进了创作者们集体经验的增长与合作互动的增多，而由此展开的激奋人心的探索，也使得传统线性叙事的架构显得平淡无奇。

于是，在儿童图画书创作领域，也在形式上演变出了一些极具表现力的创新，但这些创新是否适合既定的幼儿与少儿群体，人们的看法褒贬不一。一些人认为这样的创新没有必要，因为我们的儿童读者早已因那些符合常规或正规的作品而具备了自己的审美与判断能力；而另一些人则支持并确信图画书是一种纯粹的、具有普世性的艺术表达载体，这些形式上的创新本身也是图画书自由发展的需要。但这也可能会使创新和传统叙事的关系向更深层次演变，比如在绘画方面，曾经具象的叙事风格与独霸市场的现代主义风格是完全对立的，但现在，两者即使不完全融合，也至少是一种彼此对话、相互借鉴的关系。

这首先是因为，包括编辑在内的很多有话语权的人在明确地探寻叙事的新思路时，并没有完全把在形式和叙事上所做的探索剥离开来。支持这种融合的人们，即使他们还不清楚应该往哪个方向走，他们也并不掩饰对传统具象叙事价值的肯定。而最终，激愤与创新会使人们立足于更广阔的视角，去沉着冷静地进行深层次的思考。

其次，因为传统具象叙事的作品一直存在，且充满了活力，并在不断地创新。二十世纪九十年代出现的"新漫画"拥护者展示了他们的雄心，让被称为"第九艺术"的漫画的大门向其他艺

[主编的话]

术门类开放。他们追求造型上的创新，却并不彻底舍弃具象叙事，而是由此形成了另一种新的叙事形式。

至于图画书领域，我们会发现一个非常有趣的现象：那些创新艺术的发起者，如今也是新兴的图像叙事形式的推动者。正是他们在不放弃创新力的同时，积极致力于图像在叙事和想象上的深入探索。

从此，活跃在当今图画书和漫画领域的年轻一代创作者，可以将他们的独特创新与传统具象叙事手法相融合。保持两者的折中平衡，便是我们这本书的主题"叙事"所要探讨的。❖

夏尔·佩罗，迪诺·巴塔利亚
《穿靴子的猫》
奇想国童书 / 外语教学与研究出版社

美国图画书的叙事艺术

文／伦纳德·S. 马库斯
译／常妮

在过去的100年里，美国图画书的叙事艺术在形式和内容上都发生了很大变化。从形式来看，最引人注目的趋势就是文本变得越来越短，这是由于受电视和其他快节奏视觉媒体的影响，儿童注意力的持续时间发生了改变。一本长达64页的图画书，如罗伯特·麦克洛斯基（Robert McCloskey）荣获凯迪克金奖的作品《让路给小鸭子》，如果放到今天的话，恐怕很难找到出版社出版。另一方面，随着近年来人们对图像小说的兴趣大增，插图在讲故事中扮演重要角色的书籍对读者年龄上限的设定也发生了巨大变化。事实上，图像小说和图画书已经开始以诸多令人惊讶的方式相互融合，因此，未来的形式或核心受众的构成也变得越来越难以预测。

就叙事内容而言，长期以来，美国人传统中对个人成就的高度重视在图画书中得到了独特的体现，故事通常讲述一位主人公——往往是一个孩子或一个孩子的替身——只身一人去冒险，在克服重重困难后，最终取得了胜利。在艾瑞·卡尔的作品《好饿的毛毛虫》中，一条可爱的毛毛虫就为我们呈现了这种经典模式；在哈迪·格拉马基(Hardie Gramatky)的《拖船小嘟嘟》（Little Toot）一书中，小拖船的经历也是如此；在莫里斯·桑达克(Maurice Sendak)的《野兽国》中，精力充沛的小英雄则是一个名叫迈克斯的学龄前儿童。

美国的图画书作家经常会从传统童话故事中寻找素材，这不足为奇。当然，这样做的原因之一是，像《灰姑娘》和《石头汤》这样的故事已经属于公版作品，所有人都可以免费重复使用。除此之外，基于哲学层面的考虑也影响了这些作家对图画书的改编。例如，在二十世纪的前几十年里，为使孩子们免受现代工业时代粗俗的商业主义和严峻的头条新闻的影响，图书馆员热衷于倡导能够激发孩子们好奇心的书籍，比如格林兄弟或安徒生的童话故事。这些故事都坦然接受了魔法在人类生活中所扮演的角色，几乎完全符合图书馆员的要求，因此他们开始用近乎神圣的术语来描绘这些故事——如"永恒"的故事，并认为它们应该作为所有孩子们合法财产的一部分来珍藏。多年来，纽约公共图书馆一直都会庆祝安徒生的生日。最早获得图书馆员普遍赞誉的美国图画书中，有一本是婉达·盖格(Wanda Gág)用安徒生童话的风格写成的《100万只猫》。玛西娅·布朗(Marcia Brown)正是凭借擅长创作以传统童话、神话和传说为蓝本的图画书，而成为首位获得3次凯迪克奖的作家兼画家。

罗伯特·麦克洛斯基
《让路给小鸭子》
启发文化／河北教育出版社

艾瑞·卡尔
《好饿的毛毛虫》
信谊／明天出版社

[主编的话]

到二十世纪七十年代末，童话题材的图画书仍然很受欢迎，但原因与之前已不尽相同。心理分析学家布鲁诺·贝特尔海姆（Bruno Bettelheim）当时凭借《童话的魅力》吸引了全世界的注意力，书中引人入胜地描述了他为年轻患者治疗的过程，其中包含采用传统童话作为治疗工具。在贝特尔海姆看来，《侏儒怪》和《汉赛尔与格莱特》这样的故事对孩子们有着特殊的价值，并不是因为它们能够激发孩子们的好奇心，而是因为这些故事能帮助孩子们直面令他们感到不快乐的深层次的情感冲突。贝特尔海姆认为，更古老、更黑暗、更暴力的故事版本，实际上比图画书中那些经过美化的重编版本更能让孩子们受益。他认为，为了孩子们的情感健康，他们需要相信自己生活在一个公正的世界里。因此，从孩子的角度来看，格林兄弟的《白雪公主》真正的版本，也就是邪恶的王后因犯下可恶的罪行而被处死的版本，要比后来旨在保护孩子们的感受而将结局淡化的版本好得多。作为一名科学工作者，贝特尔海姆在图书馆和出版界有着巨大的权威性影响力，这引发了一波受民间故事启发的图画书创作新浪潮，书中文字的"真实性"被奉为卖点。然而过了一段时间，这类图书的市场变得饱和，属于它们的潮流也渐渐走向了尽头。

但是，并不是所有的专家都认为童话对孩子们来说是理想的故事，甚至是适合儿童阅读的故事。二十世纪二十年代，纽约银行街教育学院的创始人露西·斯普拉格·米歇尔（Lucy Sprague Mitchell）首次挑战了图书馆员的观点。她坚持认为，没有必要为了刻意保护学龄前儿童，而有所保留地让他们了解自己所生活的世界。相反，她认为儿童是渴望尽可能多地去了解这个世界的。此外，儿童不满足于安静地听故事，他们更希望参与到讲故事这个环节中。在银行街实验幼儿园工作的几年里，米歇尔形成了自己关于图画书叙事的想法。她在实验故事集《此地此时故事书》（Here and Now Story Book）中首先将自己的理论付诸实践。之后，她培养了一批以玛格丽特·怀兹·布朗（Margaret Wise Brown）为首的更年轻、更有才华的作家。在布朗短暂而颇有成就的职业生涯中，她创作了几十本像游戏一样精彩绝伦的图画书，这些书直接激发了儿童对自身所经历的世界敏锐的感官意识和情感反应。布朗的书反过来又为夏洛特·佐罗托（Charlotte Zolotow）、莫里斯·桑达克、露丝·克劳斯（Ruth Krauss）、艾瑞·卡尔等创作者提供了灵感。

如今，美国图画书叙事创新的主流方向是让儿童文学更充分地表现美国少数族裔的多元文化传统与日常生活经验。在长达几十年的忽视和敷衍了事之后，出版人们似乎终于下定决心，要向纠正这种不平衡的艰难目标发起冲击了。他们对出版重心的调整，很可能会导致一类图画书在未来几年内出版数量的显著增加。◆

婉达·盖格
《100万只猫》
爱心树童书 / 南海出版公司

图画怎么讲故事
——图画书中的图像叙事

文／宋珮

图画书里的图画虽然具有艺术性，却不单为艺术的表现而存在。图画书的图画需要依附于故事文本，因此，画家对文字要有敏锐的感受力，能根据文本把想象力发挥到极致，描绘出角色、场景和发生的情节，把文字转换成看得见、经验得到的图像，并且富有创意地诠释文字的内涵。图画书画家作画的目的不是为了公开展览，而是依照文本将画面排序，配合版面设计、印刷、装帧，保存在书里面，献给世界各地的大小读者。

克里斯·范·奥尔斯伯格
《勇敢者游戏》
爱心树童书／新星出版社

有些图画书以画面串连成故事线，短少的文字只在其间点缀，而无字图画书则完全用图像叙事。不过，大多数图画书仍由文字串成故事线，图画的功能除了描绘文字传递的信息外，还包括放大、强化部分信息，或是构筑文字没有描述的地域环境和文化背景，并添加细节，以让场景更显真实。有些图画和文字编织在一起，补充文字的空白，形成互补关系；有些图画跟文字互相抗衡，产生矛盾关系。许多图画书从头到尾只采用一种图文关系，不过，各种图文关系也可能同时出现在一本书里。

著名童书编辑厄苏拉·诺德斯特姆（Ursula Nordstrom）表示："图画书的艺术必须是原创的，适合文本且令人全然信服的……图画的意象不仅要与文字联系在一起，还要与故事的本质联系在一起。"我们不妨对一些图画书作品仔细观察，看看画家是怎么通过有感染力的单张画面和多张画面，把图像和文本联系在一起的？怎么有创意地利用媒材和图像元素渲染故事氛围？怎么创造视觉上的象征和隐喻，让图画和故事

克里斯·范·奥尔斯伯格
《勇敢者游戏》
爱心树童书／新星出版社

[话 题]

的精神联系在一起？怎么提供有别于文字的另一种观点，丰富故事的内涵？

单张画面、对比画面、并置画面和连续画面

图画书往往包含独立的单张画面、互相对比的画面、没有明显关联的并置画面，以及串联情节的连续画面。有些图画书画家特别喜欢把文图划分开来，让整本书都以一页文字、一页独立画面的节奏呈现，例如克里斯·范·奥尔斯伯格（Chris van Allsburg）的《勇敢者游戏》，文图轮替的结构邀请读者读完文字后，仔细观察单独呈现的画面，寻索图画中传递的信息或布置的悬疑。

一页文、一页图的结构在重述童话故事的图画书里很常见，文图形成的稳定节奏与童话的四段式结构——主角跨入陌生的世界，遭遇邪恶对手，与对手展开生死搏斗，取得胜利后回家和亲人团聚，或是和王子、公主举行盛大的婚礼——很吻合。用独立的单张图画述说童话故事，例如莉丝白·茨威格（Lisbeth Zwerger）的《海的女儿》和《小红帽》，在单张图画里，茨威格描绘的通常不只是情节发展的一个片段，而是选择某个具有特别意义的时刻。小红帽和大灰狼相遇的时候，作者画的是小红帽听从了大灰狼的建议，转头望向周遭的森林，于是忘了妈妈的叮嘱，打算在森林里停留，再到外婆家。读者都知道，这刹那的转念造成了骇人的后果。

茨威格说："我总是试图避免使用与童话故事相关的那些已被固定化的形象。我倾向于不抓住第一时间出现在脑海的形象，而是紧随内文本身。"换言之，采用单张画面叙事，必定会不落俗套。因为不论是单页，或是跨页的独立画面，都会格外吸引读者注意，使他们渴望从中得到惊喜或启发。

单张画面也更容易让读者意识到画面的主观性或客观性。所谓的客观性就是画面采用全知观点，故事角色出现在场景中，演绎文字所描述的经历，甚至是文字没有说的部分。例如《母鸡萝丝去散步》，这本书的文字并没有提到狐狸，狐狸只出现在画面里。另一个例子《这不是我的帽子》里，偷帽子的小鱼完全不知道大鱼跟在后面，读者却能在画面上纵观全局。主观性的画面就像电影的主观镜头，让读者透过角色的眼睛观看，而角色并不在图画里现身。茨威格的《海的女儿》里有一个画面画的是一艘高大的船，船上旗帜飘扬。这个画面让读者化身为人鱼公主，仰头望着王子。

大卫·威斯纳（David Wiesner）的《梦幻大飞行》里第一个画面是独立的，描绘一个男孩躺在床上睡着了，手里抱着一本书，台灯是亮的，画面四周是留

安徒生，莉丝白·茨威格
《海的女儿》
中信出版集团

大卫·威斯纳
《梦幻大飞行》
耕林童书馆／江苏凤凰少年儿童出版社

大卫·威斯纳
《梦幻大飞行》
耕林童书馆 / 江苏凤凰少年儿童出版社

约翰·伯宁罕
《外公》
启发文化 / 河北教育出版社

白框。这个画面让人产生期待。果然，翻页之后，男孩手里的书翻开了，这是一本地图集，它带领读者进入男孩的梦境。梦境以不间断的连续画面呈现，画中场景、形体一再转变，延展的图画如横向的手卷，铺陈出一段梦中的奇幻之旅，直到回到男孩的床边为止。结尾的单张画面又是独立的：天亮了，男孩醒过来，床边的柜子上放着各种东西，地上有棋盘，窗外有鸟……这些都曾在梦中出现。这本书的第一个画面和最后一个画面遥相呼应，形成对比，是夜晚和白天的对比，也是睡与醒、梦境与现实的对比。

约翰·伯宁罕（John Burningham）《外公》里的右页大都是满版彩图，而左页是黑白的线条画。右页描绘着祖孙生活的现实，而左页的图有时是小孙女脑海中的想象，有时是外公回忆中的童年时光，并置的画面增添了读者对祖孙俩生活的了解。两图之间的关联似有若无，很耐人寻味。

图框的作用

关于无字书，不论是像《梦幻大飞行》用连续画面描述情节，还是像《雪人》采用大小不等的图框展示连续发生的事件，又或是像《树木之歌》借由翻页揭露季节的变化，都需要仰赖画面与画面之间通过时间、空间、动作、细节、色彩、形状等的微妙差异相互联结。由于缺少文字作为桥梁，画面与画面之间的关系更要结合得天衣无缝。互相联结的每个画面各司其职，作用不尽相同。《小丑和农夫》的作者玛拉·弗雷奇（Marla Frazee）根据自己的创作经验，认为无字书中"有些图画是用来休息的，有些是轻巧快速地一跃，有些是刻意设计的模糊地带，有些则是绝对必要的桥梁"。

图画书里事件发生的顺序和经历的时间，可以通过画面布局和版面设计呈现，也可以利用一组图框呈现，就像漫画分格，或是动画的分镜图，图框的大小、数目、形状，以及框与框之间的距离，都可以用来"调整"时间长短。图框不只是框住时间，也框住空间，连续的图框通过空间的推移来暗示时间的流动，进而谱出故事的韵律和节奏，例如《路边花》的画家西德尼·史密斯

(Sydney Smith)借由图框的大小和数量的变化,调整父女俩回家途中由快到慢的步伐。

除了呈现空间、暗示时间之外,图框也常被当作摄影机的镜头,用来呈现视角的高低和距离的远近,《路边花》里无框的大图大多是远景,而宽窄不一的小图多半是近距离特写。这种类似镜头从远景到近景的伸缩功能,让读者能浏览场景全貌,也能专注观赏细节。同时,镜头拉近或是推远,还会让读者对画中角色产生亲密感或是疏离感。而镜头的角度也会影响读者的观感,高视角显得立场超然,平视角让读者处于平等地位,而低视角则凸显角色巨大的身影,或是场景的压迫感。

变化的是门上的光影。画家把镜头转换成图框,记录下黄昏西斜的阳光和静静流淌的时间。

乔纳诺·罗森,西德尼·史密斯
《路边花》
海豚绘本花园 / 长江少年儿童出版社

绘画媒材和图像元素

在《等爸爸回家》里,海面上闪烁的阳光和海床下矿坑深沉的幽暗形成强烈对比。西德尼·史密斯用毛笔线条勾勒轮廓、涂抹阴影、皴擦纹理,浓重的黑线和阴影把留白和水彩的区域衬托得更加明净。在他的画里,海边小镇透明的光线、光影细腻的对比、色彩的浓淡变化,共同营造出独特的环境氛围。他把不安隐藏在平静之中,借此诉说男孩的忧心和期盼。

西德尼·史密斯也是《等爸爸回家》的画家,书里他用6个一组的图框描写两个孩子荡秋千的场景,仿佛是在用定点摄影机拍摄影片。画家把两个孩子安排在图框的不同位置,让读者感觉到秋千一来一回地摆荡;另一组4个图框画的是同一扇门,"摄影机"位置固定,

图画书画家往往针对故事的背景、内容、氛围来选择适合的媒材,而媒材的特性和画家使用的方法都会影响图画的样貌与表达的意涵。安东尼·布朗(Anthony Browne)在《公园里的声

乔安妮·施瓦兹,西德尼·史密斯
《等爸爸回家》
海豚绘本花园 / 长江少年儿童出版社

玛西娅·布朗
《影子》
爱心树童书/南海出版公司

菲利普·C.斯蒂德，
埃琳·E.斯蒂德
《为月亮先生演奏》
奇想国童书/浙江少年儿童出版社

音》里用同样的媒材表现出4种完全不同的气氛和心情。画家玛西娅·布朗虽认为"图画的清新质感靠的是表现力度而非媒材的新颖与否"，但是为了呼应故事的背景，凸显文化及地域的特色，她选择使用不同的媒材和艺术风格创作。她以木刻版画叙述印度传说的《从前有一只老鼠……》，以粉蜡笔描绘17世纪末法国作家夏尔·佩罗（Charles Perrault）的《灰姑娘》，以剪纸拼贴呈现《影子》里非洲的大草原。

美国图画书研究者珍·杜南（Jane Doonan）说："不仅是媒材，画面中的每一个记号、每一种质感的呈现，以及钢笔或水彩笔在纸上留下的笔触，无论是细腻或大胆，锐利或感性，也都吐露玄机。"换言之，除了适合的媒材，画家怎么使用线条、色彩、形状等图像元素所形成的风格，自然会融入所画的故事里，成为图像叙事重要的一环。埃琳·E.斯蒂德（Erin E. Stead）用独特的版画手法压印出低彩度的色块，并特意模糊黄、橙、蓝、绿之间的边界感，达到若隐若现、朦朦胧胧的梦境感觉，最后用轻浅的铅笔素描勾勒图画细节，以烘托出《为月亮先生演奏》这个故事的安静与温柔；克里斯·范·奥尔斯伯格也是喜欢尝试不同媒材的画家，他用铅笔素描和空间透视，画出《魔法师的奇幻花园》的神秘与诡异；莫里斯·桑达克在《野兽国》里用黑色钢笔线条画阴影，图画的色调因此变得暗沉，黑色影线把野兽的动作变得缓慢，甚至冻结住了——他们存在于迈克斯的梦幻之境！

切合故事主题的视觉隐喻和象征

在文学修辞中，直接比较两种不同却彼此相关的事物，用"像、仿佛、好像、好比"做连接词，称为"明喻"；而用"是、简直是、成为、变为"连接两种不相关的事物，则是"隐喻"，也称"暗喻"。在图像上有所谓"视觉的隐喻"，

就是用图像把一个人、一个地方或一样东西，和另一种人物、动物、物件、场景等联结在一起。至于"象征"，则是用具体的意象间接陈述某种抽象的观念、情感、意念、个性等看不见的事物，可以说是隐喻的一种特殊类型。通常，"象征"会贯穿在整部作品中，与作品的主题有密切关联。

在安东尼·布朗的《我爸爸》里，文字用"明喻"形容"我爸爸吃得像马一样多"，但是，图画中却把爸爸的头直接画成马头，这就是"视觉的隐喻"，"游得像鱼一样快""他像大猩猩一样强壮，也像河马一样快乐"，都用到"视觉的隐喻"。那么"象征"呢？当读者纵览整本书，会发现"太阳"的意象一再出现，以此表达出爸爸开朗又温暖的个性，切合整本书所描绘的爸爸形象。

国际安徒生奖得主罗伯特·英诺森提（Roberto Innocenti）创作的图画书，主题通常比较深沉，例如《大卫之星》就是一个关于犹太人的真实故事。英诺森提在这本书里一再地画火车，这列火车有一节节装载牲口用的封闭车厢，里面挤满被纳粹禁锢的犹太人，长方形的车厢宛如一口口移动的棺材，把犹太人送往集中营。其中有两个画面是一个包裹着粉红毛毯的婴儿，被人从气窗口丢了出来，掉落在铁道旁的一小块青草地上，草地旁有些许积水。灰黑的车厢、绿色的草地被画家当作死亡与生命的象征。

十九世纪的英国插画家亚瑟·拉克汉姆（Arthur Rackham）说："想要画出有价值的插画，画家可不能当作家的仆役，而必须做作家的合伙人才行。画家参考作家的想法后，要能拿出自己的见解。这见解有时甚至独立于作家的想法之外，然后再用图画将这见解表达出来。"当莫里斯·桑达克以一则格林童话为蓝本画《亲爱的小莉》时，也提出了自己的见解。他刻意在图画中出现集中营和犹太人的坟墓，暗示二次大战期间发生的大屠杀。图画中的小莉和妈妈象征所有在战争中被迫分离的亲人，而他一再变化手法描绘的森林，成为人类生命所经历的共同象征。那森林从开始的安宁祥和，到充满威胁、扭曲狰狞，再到奇花盛开的华美。桑达克一方面向逝去的犹太人表达敬意，一方面以天堂的美好来安慰人间的伤痛。他用图画重新诠释了这个格林童话故事。

结语

英文单词"illustrate"的拉丁文字根有"点亮""光照"及"装饰"的意思，按照这个说法，"图画书画家""插画家"（illustrator）就是"给予启示的人"。许多成年人确实能从图画书中得到不少启示，却可能没有意识到，那启示或许来自书里图画的表现。而孩子观赏图画书中的图画时，常常感觉和画家产生了情感上的共鸣，因为那些画家懂得孩子内心的秘密，孩子能从他们的图画中发现隐藏的趣味、充满关爱的慰藉和启示。图画书中的图画是孩子望见现实的窗口，也是通往幻想的窗口，透过这些窗口，他们能够得到心灵上的饱足。❖

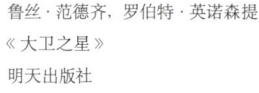

鲁丝·范德齐，罗伯特·英诺森提
《大卫之星》
明天出版社

[聚焦]

克劳德·旁帝：出发，去探寻不一样的世界

文／苏菲·范德林登
译／李学敏

克劳德·旁帝（Claude Ponti）每年都会创作出一本优秀的图画书献给孩子们，33年来从未间断。这些图画书从来都不会只有短短几页，草草完成，而是每一本都新颖独特。无论是书的开本、页码的编排方式、语言的创造性、图画的丰富细节，还是他所呈现出来的广阔的想象世界，都别具一格。多年以来，他的作品总是让人惊喜，每一本图画书都给孩子们开辟出一个宽广而深邃的世界，一个叹为观止、独一无二、无穷无尽的文学天地。

这一切都是从他女儿的出生开始的：

> 有一天，一个婴儿来到了我的生命中——一个小女孩。我想给她做一本书，像房子一样大的书，她可以走进书里玩游戏，在书里变大变小，用眼睛当剪刀"剪下"书中的图画，将这些图画混合重组，再用她的梦想之水进行粘贴。我想给她一个可以任意跑动穿行的宇宙，一本书中之书，一本让她能够掌控周围的世界，使世界变得温柔起来的书。

于是，克劳德·旁帝创作了一本给低幼年龄段孩子看的、看图识物的图画书——出版于1986年的《阿黛拉的神奇魔书》，这是一本大开本的书，甚至都可以当宝宝的小房子。这本书引导小读者们跟随书中的小女孩去进行认知之旅，去拥有属于自己的丰富

的想象世界。克劳德·旁帝的作品总是联想新奇、形式多变，或是叙事手法极具象征意义，他的作品中也总是会出现我们已经熟知的传统故事，加上一些新颖别致的巧思后，这些传统故事便焕发出新的活力。在这些故事中，主人公们为了达到自己既定的目标，为了获得人身权利和精神上的公正，为了接受自我，为了得到改变世界和创造美好未来的力量，而不断地努力着。

领略过旁帝非凡的讲故事才能，我们可能会认为，相比页面设计，故事的内容更加重要。不过，在很多情况下，页面设计会对一本书起到决定性的作用。作为一个漫画爱好者，旁帝在他12年间所创作的第一批图画书的页面上经常绘制一些小图，有一小幅一小幅排列的，也有横向呈现的一连串的小人物。在这些小图里，旁帝创造了各种各样的小角色，这些小图和其中的小角色非常引人注目，而正是这些画中的小角色，让故事的走向和思路更加清晰，这也是旁帝的故事的基石：当一个角色遇到了困难，他就需要整装待发，去寻找解决问题的办法。而这之后，他也会在故事的主轴线上或左或右地前行，继续遇到很多考验。通过这些小图，旁帝向我们展示了不同的人生。

克劳德·旁帝早期出版的很多图画书都采用了横开本的设计。1998年的某一天，克劳德·旁帝创作了他第一本竖开本的图画书——《我的山谷》。与他之前的图画书相比，这本书的叙事方式发生了天翻地覆的变化！叙事不再具有接续性，也不再遵循线性的叙述方式。《我的山谷》最特别之处在于，它采用了多样的叙事手法，且脱离了固定的时间框架，并不像通常

克劳德·旁帝
《我的山谷》
奇想国童书／浙江少年儿童出版社

克劳德·旁帝
《阿黛拉的神奇魔书》
接力出版社

我的一家

克劳德·旁帝
《我的山谷》
奇想国童书 / 浙江少年儿童出版社

的图画书是连贯的架构，而是像小说文本一样，分章节来讲述故事。书的左侧页面和右侧页面是完全不同的呈现方式。左侧页面一般以文字配小图的方式呈现，是故事文本的主轴叙事线；右侧页面则基本以满幅的页面出现，偶尔也会出现双页的大图。书中唯一一幅跨页图中，我们的小主人公背对着读者，静默地望着白云和碧海，让人想起了德国著名的浪漫主义画家卡斯帕·大卫·弗里德里希（Caspar David Friedrich）的名画。这是旁帝最具积极态度和幸福感的一本书，他用《我的山谷》给我们呈现了一个可爱温暖的小人国度，并由此影射我们所生活的现实世界。

在2004年出版的另一本竖版图画书《小鸡布莱兹和蛋糕城堡》里，旁帝创造了很多活泼逗趣、深受孩子们喜爱的小鸡形象。孩子们可以花费很长时间去辨认书中数百个被邀请参加生日聚会的经典卡通形象。2014年，《伊赛历险记》（L'Avie d'Isée）再次巧妙地采用了大开本的竖版形式，而克劳德·旁帝作品的精妙之处也越来越明显地被呈现出来。旁帝的作品中经常出现很多经典作品中的人物、图案，以及我们所熟知的主题。在《伊赛历险记》里，我们就可以找到很多大师经典作品的影子，旁帝还提及了很多不同时代人类发展的轨迹，比如远古先民、岩画、人类修建道路及制作地图所体现的世界观、太空旅行等。

克劳德·旁帝通过他的作品，一如既往地努力探寻人类与世界的关系。他也从来都没有忘却初心：为孩子创作出"一个可以任意跑动穿行的宇宙，一本书中之书，一本让孩子能够掌控周围的世界，使世界变得温柔起来的书"，而他的初心也总是在激励着他去完成创作。当我们合上书，旁帝所创造的宇宙被封印于书里时，我们依然认为，他所创作的故事远远没有结束。❖

克劳德·旁帝
《小鸡布莱兹和蛋糕城堡》
接力出版社

15

"中国风图画书"叙事的标志性特征与发展

文／常立

定义"中国风图画书"极其困难，它很难被提炼为一个精准的概念。"中国风"有时表现于文字，有时表现于绘画，有时基于故事的题材，有时基于故事的主题，有时依据绘画的风格，有时依据绘画的技法，有时来自作品的内在需要，有时来自作者的主动选择。我们可以据此给其一个描述性的定义：凡是在文字、绘画、题材、主题、风格、技法等方面拥有鲜明的中国元素，能让人联想到中国文化或艺术形式的图画书，可以一概称之为"中国风图画书"。

这是一个广义的定义，涵盖范围足够广阔，但不能回避一些具体的质疑。譬如，韩煦的《走出森林的小红帽》明明采用了中国传统的拓印技法，但几乎没有人认为它是中国风图画书。为什么会这样呢？要想厘清这一问题，需要进一步追问：究竟在叙事方面具有什么样的标志性特征，我们才会把一本图画书视作真正的中国风图画书？

邬朝祝，蔡皋
《晒龙袍的六月六》
湖南少年儿童出版社

中国风图画书叙事的标志性特征

我尝试把中国风图画书叙事的标志性特征一一列举出来。一部中国风图画书作品，并不需要具备以下全部特征，具有其中一个或几个，就有可能被称为中国风图画书，而具有的特征数量越多，特征越鲜明，就越可能是中国风图画书。

1. 中国故事

中国故事包括中国神话传说、民间故事、寓言、童话、诗歌、小说、童谣等，也涵盖了从古至今的时间范围。它可以是传统的老故事，如蔡皋的《晒龙袍的六月六》，取材自土家族民间故事；也可以是关注当代生活的新故事，如熊亮的《我的理想》，以一个当代乡村小学生的同题作文作为图画书的文字。当然，也不是所有讲述中国故事的图画书就一定是中国风图画书，一个中国故事还需具备其他一个或几个标志性特征，才能被确认为中国风图画书。

2. 中国传统水墨技法

水墨画被视为中国传统绘画的代表，无论是只有黑白两色的基本水墨画，还是以"水墨画"为基底，在其上敷色、点彩，使画面在色彩上较为丰富、明快、鲜亮的彩墨画，都能唤起一种不言自明的中国情愫。熊亮的多数图画书都采用水墨画法，常以书法笔意入画，自然成为中国风图画书的代表人物。蔡皋除水墨画法外，也运用水粉画法，但其画面仍具中国彩墨的神韵。她的水粉图画书和水墨图画书一样，也带有强烈的中国风格。

3. 中国民间元素

一部图画书，如果不用水墨画法，有没有可能成为中国风图画书？答案是肯定的。朱成梁很少用水墨画法，但也是中国风图画书的代表人物，这既是因为他经常讲述中国故事，如《团圆》《棉婆婆睡不着》等，又因为他在创作过程中汲取了丰富的中国民间元素，如《团圆》《打灯笼》《小年的故事》中的节日礼俗文化，《别让太阳掉下来》

中的动物玩具形象等。他借鉴了多样的民间美术技法，将年画风格、木刻风格、漆器色彩等融入作品中。其他作家的中国风图画书中，也时常能见到布艺、剪纸、泥塑等源自民间艺术的绘制方法。

4. 散点透视

中国绘画与西方绘画的主要差异之一是透视方法不同。一般认为，西方绘画多采用焦点透视，观画者视点固定，画中物体纵深方向的平行线在无穷远处消失于同一点，即没影点。而中国绘画多采用散点透视，观画者视点随画游走，俯仰随意，远近从心，画中各处物体的没影点也各不相同。这并不是说，中国风图画书必须采用散点透视，而是说这种中国传统的绘画技法确实常见于中国风图画书中，例如蔡皋《百鸟羽衣》中的一页，画面中间是船上的阿壮和落水的皇帝，画面左下角是岸上观看的人群，右上角是彼岸观看的人群，但并不遵循远小近大的透视原则，从此岸到彼岸，包括河中央，人物的大小比例都基本相同，每个人的表情却各不相同，且栩栩如生，这是在召唤读者的眼睛随着画面尽情游览，延宕了阅读体验的时

间；又如熊亮《二十四节气》的谷雨、立夏两页，以散点透视法展现时令循序渐进的各种变化；他创作的《游侠小木客：可怕的预言》也以同样手法的展现各个庆忌小人骑着小马在水上疾驰的不同形态。散点透视的运用，常常是中国风图画书向读者发出的一读再读的邀请。

5. 留白

留白并不是中国风图画书独有的绘画手法，但确实是一种极其能体现中国风的手法，中国绘画高手往往也是留白高手，擅以方寸之地显天地之宽，更深得留白之美，正如蔡皋在《一

熊亮
《游侠小木客：可怕的预言》
果麦文化 / 天津人民出版社

蔡皋
《百鸟羽衣》
湖南少年儿童出版社

长沙童谣，蔡皋
《月亮粑粑》
湖南少年儿童出版社

熊亮
《看不见的马》
果麦文化／天津人民出版社

蔸雨水一蔸禾》中所说的："一个字也没有的地方有一种寂静的美和空旷的美。"在中国风图画书中，留白在叙事方面往往起着十分重要的作用。蔡皋的童谣图画书《月亮粑粑》采用了大量留白手法，图书前半部分，每一跨页的左侧均留白，偶有小图，右侧多为安置在圆月形画框中的图画，左为人间，右为明月，月中有图有色，而月的洁白光辉照耀人间。直到书的中段，出现两页变化：一页左为明月，右边留白，出现了一个人间的小孩；一页左为喜鹊，右为小孩，左右均在人间。随后各页左右各有留白，因为皆在人间。留白的灵活使用，使得月宫与人间的空间转换流畅简净，也使得故事既奇幻飞扬，又不失人间烟火气息。在熊亮的《看不见的马》中，留白的运用技巧堪称臻于化境，它讲述的是一段戏中戏的故事——在图画书中上演了一段京戏。我们知道，京戏中的马是看不见的，演员在舞台上只靠一根马鞭、各种动作与对白，就能表演出与马有关的各种场景，而接受了京剧的这种艺术假定性的观众，就能以假作真，仿佛看见了真正的马。熊亮在这本书中想要让读者接受的是双重的艺术假定性，既要让读者接受京剧艺术中看不见的马，又要让读者接受图画书中看不见的马，还有什么比留白手法更能完美地实现这一目标呢？因此，在整本书中，连一点儿马的影子都没有，凡需要马出现的场景，均作留白处理。尤其精彩的是马儿在河边驻足不敢上前这一页，画面左侧马童对老爷说："老爷别急，您瞧，那边来了一条船！"说着话手搭凉棚向右张望，右边有什么呢？一片空白，连一个字、一根线条都没有，但这一片空白，又正是"波浪浩渺望无边"的真实写照。同样的手法也用于倒数第二页，这次画面左边马童做出推马的姿势，右边的一片空白是"水清草肥的开阔地"，接下来翻到最后一页，除了文字，整个跨页一片空白，但是读者读到此处，一定已经能够见到马儿在草地上轻松地散步，也一定能够听到马儿快活地打鸣。这本书中的留白技巧，深合图画书叙事的基本原理——运用知觉封闭将静态的、不完整的图画转换成动态的、完整的故事。

关于中国风图画书叙事的标志性特征或许还有，读者也可以无穷尽地列举下去。这些已列出和未列出的特征将组成一个关于中国风图画书的"知识集"，我们可以通过这个不断扩充、改变的知识的集合，更多地了解中国风图画书及其叙事。在我看来，与其去严格规定中国风图画书的定义，不如通过阅读、思考和分析去探究中国风图画书的叙事将走向何方。

中国风图画书叙事的两个发展趋势

为了预测未来，我们常常回顾历史。"图×文"的连续性叙事元素在中国可以上溯到远古人类的岩画、西周青铜器纹饰、文图合一的甲骨文、长卷连环画等，木版彩印技术在明朝末年已经达到极高水平，石版印刷技术在晚清时期已有能力实现大批量的商业化印刷，可以说现代图画书诞生所需的技术条件与叙事手法最迟在晚清时期均已准备充分，可谓"万事俱备，只欠东风"。而现代图画书在中国姗姗来迟的理由之一，正是这"东风"即"现代儿童观的生成"迟迟未至。直到二十世纪二三十年代，周作人、赵景深等人才完成了中国儿童文学理论的最初构建，为儿童文学指明了"儿童本位"与"文学本位"的理论趋向。而在创作中，只有像伦道夫·凯迪克（Randolph Caldecott）一样认识到作者需用图画书去为儿童讲故事，以儿童为本位，才能使现代图画书的诞生成为可能。

越来越多的中国风图画书的创作者意识到了这一点，更多采用儿童本位的叙事立场，成为中国风图画书叙事的一个发展趋势。以蔡皋经由民间童谣改编的图画书《月亮粑粑》为例，蔡皋保留了原童谣的音韵节奏，以及其所展现出的天地万物不断变化的性质，但改变了原童谣的最后一句。原童谣为："天上四个字，和尚犯了事。事又犯得恶，抓哒和尚剁脑壳。"蔡皋将最后一句改为了"抓着和尚敲脑壳"。不仅如此，还在图画中将和尚改为了光头小孩子，"和尚是个小孩子，童谣就好画了。怎样画都是可爱，犯事也只是犯到爬树上墙一类……一个光头小子的淘气事加上孩子特有的好奇、好尝试、好动、好创造这些品质。谁说爬树这种事除了危险之外没好处呢？"从蔡皋的创作谈中不难看出她对儿童的同情心，以及从儿童角度看世界的视点。

从整体创作来看，最能体现这一趋势的中国风图画书的创作者是熊亮。熊亮从2003年开始专门创作图画书，从《小石狮》起先后创作了《京剧猫》《野孩子童话》《梅雨怪》《二十四节气》《和风一起散步》《游侠小木客》等一系列中国风图画书。在早期创作中，熊亮怀有为孩子介绍中国文化的宏大目标，多以艺术家的立场来叙事，有个别图画书不大考虑儿童读者的代入，比如《苏武牧羊》。但熊亮越来越意识到自己不只是作为艺术家在表达自我，更是作为一个讲故事的人在为儿童讲故事。他后期创作的故事中，说教的味道越来越淡，儿童的趣味越来越强，重视想象，彰显童心。《京剧猫》《和风一起散步》是这方面的代表作，而新作《游

长沙童谣，蔡皋
《月亮粑粑》
湖南少年儿童出版社

熊亮
《游侠小木客：桃花源迷踪》
果麦文化 / 天津人民出版社

侠小木客》则进一步加强了儿童本位的叙事立场。在故事中每一个"山重水复疑无路"的紧急关头，作者都化身为儿童，用儿童的眼睛去看，用儿童的耳朵去听，用儿童的手脚去触摸，最重要的是，用儿童的头脑去思考大千世界，让主人公想出一个个天真的主意，运用一个个游戏的方法，渡过重重难关，让前方显现出"柳暗花明又一村"。

中国风图画书叙事的另一个发展趋势是：创作者越来越熟练掌握图画书叙事的世界语法，在保持中国风的基础上，使图画书叙事越来越接近世界水平。

理论界对此也存在不同的声音，曹文轩在多个场合提出过"无边的图画书"概念，在我看来其主要观点有三：第一，图画并不是至高无上的，比的不是画功，而是创意；第二，文图互补不是必须的，可以存在这样的图画书，其文图配合主要是指图对文的配合，文字可以脱离图画而独立存在；第三，图画书的文字也可以很美，而不必为图画删削修辞。这些观点虽说似乎支持图画书艺术的多样性，但其实大有可以商榷之处，尤其是竖起了一个被当作靶子的"稻草人"——图画书的文与图在叙事方面冲突争锋，而文字多被图画压制。这样的"稻草人"当然并不存在，在中外图文叙事手法的发展历史上，图文交相辉映、相辅相成由来已久，在现代图画书的发展史上，凯迪克的图画书叙事早就表明了这一点。毕竟，人们早就擅长以文字讲故事，同样也早就擅长以图画讲故事，为什么还偏偏要用图文结合的方式来讲故事呢？这显然是因为用这种方式讲故事能创造新的艺术形式，让读者从中获得新的乐趣——那些只有通过阅读图画书才能获得的乐趣；让读者可以从图文关系中发现新的意义——那些只有通过阅读图画书才能发现的意义。凯迪克图画书的创造性正是基于这种图文叙事手法的创造性，现代图画书的创造性同样也由此而生。

无论理论界持何种观点，从中国风图画书的创作实践角度来看，运用世界通行的"图×文"叙事方法的作品的数量与质量均在提升。蔡皋的后期作品中，在图文叙事方面最具代表性的是《月亮走我也走》，文字来自民间童谣，而图画来自作者的思考，对文字所述给出了补充和创新。图画书研究者霍玉英分析过这本书后五个对页在叙事上的精妙，充分利用文图关系激发了读者的翻页动力。当文字中出现"梳个狮子"时，画面上出现了狮子狗；当文字出现"滚绣球"时，画面上出现了滚动的毛线球；当文字中出现"一滚滚到大门口"时，画面上出现了一只小狗在追毛线球；当文字中出现"只见狮子，不见球"时，画面上出现的人物解释了为什么会出现"不见球"的情况。熊亮的《和风一起散步》在图文叙事方面也匠心独运,其灵感来自宋玉的《风赋》,欲以图画描绘风之神韵与千姿百态。当然,他也可以按照以图配文的方式给《风赋》来一串插图,但这显然不是图画书讲故事的有效方法,因此熊亮构思了一个想象丰富的儿童故事,讲述了主人公小木客的风中之旅。不仅如此,为了使一张张图画连成一体,形成像风一样流动的叙事,他还特意在图画中埋伏下一条视觉线索——小木客的小橘帽,这顶小橘帽的来来去去、高低起伏,既是故事情节发展的线索,也是读者翻页的驱动力。朱成梁在图文叙事方面的代表作是《别让太阳掉下来》。如前所述,这本书将中国传统漆器常用的金色、黑色、红色用于描绘太阳、夜晚、山洞、山林等环境背景,还将民间玩偶的形象用在书中的小动物身上:猴子、小鸟、小猫取材于河南浚县的民间玩具,牛取材于陕西凤翔泥塑。最有意思的是,图画中方圆形状的变化、景框构图、运动轨迹、透视方法,都深入参与了图画书的叙事,生动呈现了太阳东升西落的整个过程,以及动物们不让太阳掉下来的种种努力。随着翻页不断变化的圆形来自漆器中的盘,方形来自漆器中的盒;圆形构图更关注太阳,方形构图更关注动物;运动轨迹有两条,水平运动呈现太阳的起落,垂直运动呈现动物的行动;太阳的形象来自糯米团子;动物们留住太阳不落下的各种尝试在逻辑上之所以能够成立,来自儿童画中常见的透视方法……

行文至此,我发现自己已经快要把"中国风"忘却了。不过我想,这也许是一件好事。在未来的某一天,当"中国风图画书"成为一个历史名词,而

不是众人瞩目的焦点时,当作者在创作图画书时首先想到的是儿童本位的好故事与图文叙事的好方法,而不是首先想到显露创作者身份的"中国风"时,中国图画书可能才真正走上自己的巅峰。到那时,创作者可以自由创作属于中国孩子也属于世界孩子的图画书,而"中国风"不言而明,自在其中。我希望未来的这一天,这离我们并不遥远。❖

熊亮
《和风一起散步》
果麦文化 / 天津人民出版社

长沙童谣,蔡皋
《月亮走我也走》
湖南少年儿童出版社

郭振媛,朱成梁
《别让太阳掉下来》
中国和平出版社

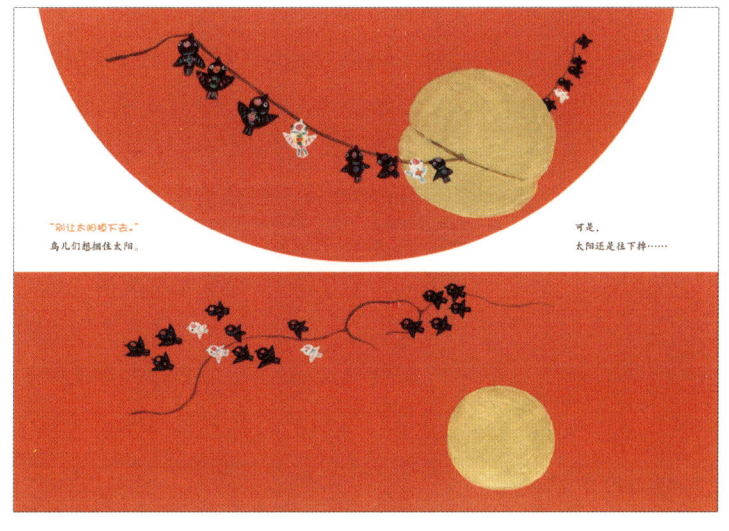

玛格丽特·怀兹·布朗：
重新想象图画书

[聚 焦]

文／伦纳德·S.马库斯
译／代冬梅 项黎栋

玛格丽特·怀兹·布朗是一位富有远见卓识的幼儿文学创作者。她从进步教育[①]、先锋文学和现代艺术中汲取营养，再融合创造，形成了一套独一无二的图画书创作方法。如今，她最为人们所熟悉的身份是图画书《晚安，月亮》的作者。在美国，这本睡前"摇篮曲"数十年来一直是新生儿礼物的不二之选。但是，布朗的价值与影响远不止是创作了这本经典畅销书。在42岁因血栓突然离世之前，她已经出版了四十多本图画书，且每一本都在某些方面进行了迷人的实验性尝试。此外，还有几十份已经完成的文稿在她去世后被陆续发掘出来。不仅如此，作为一名编辑，以及一位极善合作的文字作者，她还将同时代的一批图画书创作者送上了职业巅峰，包括加思·威廉斯(Garth Williams)、克雷门·赫德(Clement Hurd)、雷欧纳德·威斯伽德(Leonard Weisgard)、让·夏洛(Jean Charlot)和艾丝菲·斯劳柏肯纳(Esphyr Slobodkina)。但布朗最重要的贡献，或许是她使人们对处在人生最初阶段的儿童心智有了更深入的理解，因为她的创作证明了，虽然这个阶段的孩子还不具备独立阅读书籍的能力，但为他们创作兼具美学效用和发展功用的图书是可行且必要的。

布朗文学界的朋友经常取笑她的"宝宝书"，但这些人只看到了她作品表面的简单，却没能洞察布朗隐藏在"简单"之下对作品进行的强有力的诗意升华。她作品中欢快的语调，也让评论者们低估了布朗作为一名心理学研究者所特有的敏锐与灵巧：她拥有一种异乎寻常的本领，能够到达儿童经验的深处，据此为孩子们编写故事。这些故事既清楚地展现了儿童与世界初次接触是何种样态，也为孩子们充分验证了自己的经验。

随着时间的推移，大多数人都会丢掉自己幼童时期的记忆，但布朗却以某种方式和她的童年记忆保持着深刻的联系，这成为她创作时取之不尽的灵感源泉。作为一个从小就爱讲故事的人，布朗一直怀有一个作家梦，虽然她最初并没有想过要成为一名童书作家。大学毕业后，她搬去了纽约的格林威治村，那里住着很多知名的诗人和小说家，这些人在布朗声名鹊起之前早已功成名就。然而布朗的作家生涯起步并不顺利，《纽约客》一再拒绝她的短篇小说，使得布朗开始怀疑自己的写作才能，并陷入深深的沮丧。由于怀疑是否有那么一天能在印刷品上看到自己的名字，布朗决定妥协，退入一种更为传统的生活中——她报名参加了银行街教育学院开设的教师培训项目。此时的布朗完全想象不到，这所银行街教育学院将成为她人生的福地。在这里，她将发掘出自己独一无二的童书写作才能。

在格林威治村一个漏雨的屋顶下，银行街教育学院聚集了三个具有重要历史意义的项目：一所为2~7岁儿童开办的实验性学校，一所具有同等革新属性的教师培训学校，一个研究儿童早期发展的前沿研究中心。这三

[①] 这里特指二十世纪前半期美国的进步教育运动。

个项目都建立在哲学家威廉·詹姆斯（William James）和约翰·杜威（John Dewey）革命性的教育理论之上，强调从"直接经验"中学习，重构了学校的定义：学校应当是一个学习者的社区，儿童和教师在这里协同工作，以达到一个共同目标。布朗和她的同学们在这里学习的课程，不再是传统的教科书式学习，取而代之的是艺术、音乐、舞蹈方面的实践型工作坊，以及与儿童定期的接触。在研习儿童语言发展时，布朗和同学们被要求亲自为不同年龄段的孩子编写故事，以此来检测他们课堂学习的努力程度。布朗对这些作业的创造性回应引起了银行街教育学院创始人露西·斯普拉格·米歇尔的注意。此时的米歇尔经过10年的研究，已经开始质疑当时出版的图画书对幼儿发展是否真的适用和有益。米歇尔的批判性言论很快将自己推向了美国儿童图书馆员的对立面，而后者是当时儿童文学评价标准的主要制定者。米歇尔关于为幼儿写作的颠覆性观点最早发表在《此地此时故事书》一书中。这是一本按年龄分段的故事合集，米歇尔希望它能够为将来那些更具天赋的写作者树立一个范式。在布朗身上，米歇尔看到了她所期望的天才写作者的影子，并且对自己的发现十分笃定。因此，在银行街教育学院共事的那段岁月里，米歇尔竭尽所能地帮助布朗发掘她的写作才能，并为她的作家事业铺路搭桥。

在对哪种类型的故事有益于幼儿的认定上，米歇尔与图书馆员们存在着根本性的分歧。以纽约公共图书馆的安妮·卡罗尔·摩尔（Anne Carroll Moore）为代表的一派图书馆员，推崇以"很久很久以前……"开头的传统

玛格丽特·怀兹·布朗，
雷欧纳德·威斯伽德
《重要书》
蒲蒲兰绘本馆／二十一世纪出版社

童话，这些童话包含了大量假想情节和冒险元素。图书馆员们理所当然地认为，孩子们一定想要逃离当下现代化工业时代的现实生活，投身到不那么乏味无聊的幻想王国中去，传统童话就是最好的选择。米歇尔的研究得出的结论则恰恰相反：事实上，儿童着迷于他们当下身处的世界，对那些讲述"此地此时"生活的故事充满兴趣，尤其对城市乐园里的飞机、火车、电话、摩天大楼等新兴事物兴致高昂。米歇尔坚信，那些关于城堡和国王的故事对当代儿童鲜有益处，真正沉浸在过去幻想世界中的是图书馆员们自己。图书馆员们还希望以包含开头、发展、结局的经典三段式叙事结构来创作童书，认为这样在讲故事的时候能抓住儿童听众的注意力。米歇尔则提倡一种类似游戏的应答式的叙事方式，认为图画书应该尽量多给孩子说话、插嘴或者作为参与者参加故事讲述过程的机会。图书馆员们对米歇尔关于"此地此时"的假说与论述嗤之以鼻，将其研究斥为一个社会学家在实验室里玩的把戏，具有方向性的错误。尽管遭到极大的反对，米歇尔仍坚定地推行了一系列计划，将自己的观念推到世人面前，引发了诸多关注。

首先，米歇尔在1937年3月出版了《又一本此地此时故事书》（*Another Here and Now Story Book*），这是1921年那本书的续集，但这一次的故事集里还收录了布朗和其他一些最有前途的学生的作品。随后，同年秋天，米歇尔启动了"银行街作家实验室"，以工作坊的形式推动"此地此时"风格故事的创作，并保证有出版潜质的作品持续不断地诞生。最后，米歇尔说服银行街教育学院的一名家境富裕的学生的父亲成立了一家小型出版公司，专门出版契合她的教育理念的书籍，并且聘请布朗来当编辑。这家名为威廉·R.斯科特的出版社在1938年秋季发布了第一份包含5本书的书单，其中两本由布朗撰写，一本由布朗翻译。尽管第一份书单规模很小，却是两位图画书新人艺术家的首秀：克雷门·赫德——后来因为创作布朗撰文的《晚安，月亮》和《逃家小兔》的插画

玛格丽特·怀兹·布朗，雷欧纳德·威斯伽德
《小岛》
蒲蒲兰绘本馆 / 连环画出版社

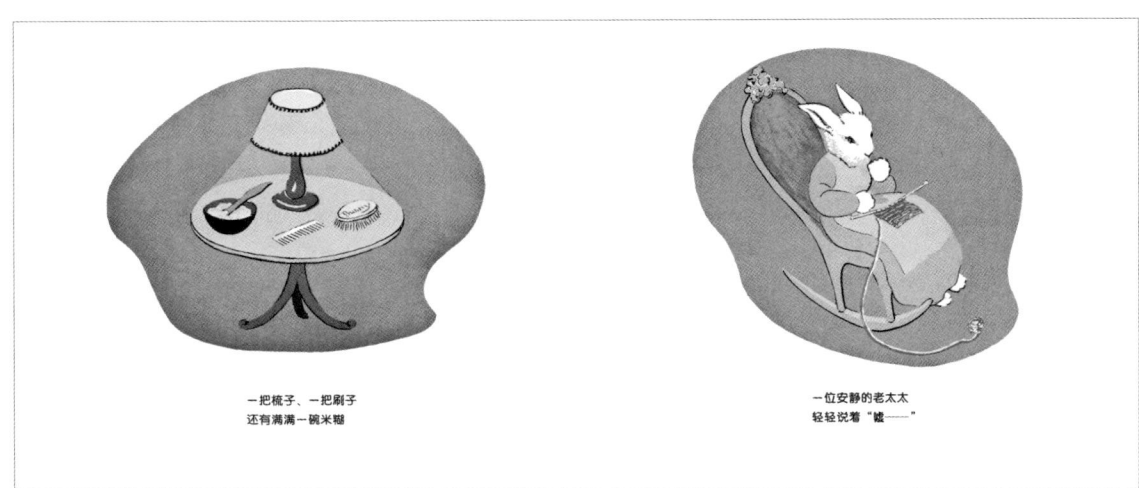

一把梳子、一把刷子
还有满满一碗米糊

一位安静的老太太
轻轻说着"嘘——"

玛格丽特·怀兹·布朗，
克雷门·赫德
《晚安，月亮》
天略童书馆／北京联合出版公司

而名声大震；艾丝菲·斯劳柏肯纳——她的《卖帽子》在世界各地都有拥趸。这份书单也引发了一场旷日持久的辩论，在长达十多年的时间里，童书界划分为两个对立的阵营：一方拥护图书馆员们更为传统的观点，另一方则为教育革新者们激进的新观念感到欢欣鼓舞。

在斯科特出版社推出的首批图书中，有一本是美国现代童书史上的第一本纸板书，这就是由克雷门·赫德担任图画作者的《黄蜂和大象》（*Bumble Bugs and Elephants*）。它的文字作者是布朗，但布朗更愿意将自己的创作称为书中的"文字图案"，以凸显文本的实验性。这本书的纸板页面厚实牢固，并用塑料线圈装订，这种形式很快得到完善，成为给2~3岁幼儿最安全可靠的图书形式，实用性也很强——因为这个年龄的孩子处于感性认知的阶段，对于任何能引起他们注意的事物都想要去啃咬或抓扯。除了形式，《黄蜂和大象》的内容也打破陈规，将目标牢牢地锚定在儿童发展上。布朗的文字短小精悍（都是类似"那里有两只小狗／和一只很大的狗……"的句子），但每一行都经过精心考量，是给家长和孩子的一个提示与鼓励，告诉他们随时可以据此即兴创作，共同编出一个自己版本的故事。此外，这本书的图文体例是一行文字搭配一幅跨页图，这既是为了展现故事发生的场景，也能进一步激发读者的创造力。为了践行银行街教育学院最基本的教育原则，布朗和赫德将他们的书设想成给孩子们的公开邀请，希望他们将自己看作这本书完全够格的共同创作者。实际上，两位作者也在向儿童提出挑战，让他们在阅读中去完成这个由作者开头的故事。在《黄蜂和大象》中，教育者们发现了"开放性游戏材料"这一进步概念的全新应用。此前，在教室里玩的几何积木游戏已经证明了这个概念的价值，孩子们可以依照他们的想象，用积木组装出变化无穷的形状、结构。但纽约公共图书馆的安妮·卡罗尔·摩尔对《黄蜂和大象》的评价截然相反："这是作者和插画者的败笔，他们连最基本的给孩子们创造完整叙事体验的义务都没有尽到。"

此后一年，布朗又为斯科特出版社创作了一本图画书，这本书在叙述方式上同样离经叛道。毫不意外，这本由雷欧纳德·威斯伽德绘制插画的《吵闹书》（*The Noisy Book*）遭到了图书馆员们的一致反对，甚至书名都成了招惹是非的由头。毕竟图书馆员们都希望，当他们训练有素的同事在故事会上读故事的时候，孩子们在他们的看管下，能降低分贝、轻言细语，最好专心致志、安静地听讲。但《吵闹书》在号召小家伙们模仿书中主角——小狗松饼在城市漫游时听到的街道上的各种声音：汽车喇叭声、电钻声、消防车警报声等，而且声音越响亮越好。参考从格特鲁德·斯坦（Gertrude Stein）的实验性写作中学来的经验，布朗会时不时地中断叙事进程，转而向读者直接发问，创造出一种她在与读者直接对话的生动印象。小狗松饼的漫游经历为《吵闹书》提供了基本骨架，而孩子们在听大声朗读出来的故事时喧闹翻天的反应才是这本书真正的血肉。受立体主义艺术流派和"开放性游戏材料"观念影响的威斯伽德为这本书创作了半抽象风格的插画，画面中有不少细节没有细化和具象化，这也留出了空间，邀请儿童读者进入故事情境，凭借自己的想象去补充，进而完成故事。

布朗有一种天赋，能设计出无比精巧的框架故事，为四五岁的孩子把深奥难懂的概念讲解转换成一种游戏性的体验过程，比如"小金色童书系列"中的《小猫咪的彩色世界》一书，这本书由爱丽丝·普罗文森（Alice Provensen）和马丁·普罗文森（Martin Provensen）夫妇绘制插画。在这个滑稽的故事里，布朗描述了三只像孩子一样活泼好奇的小猫咪，打翻了红、黄、蓝三种颜色的涂料，通过这样有趣的场面，介绍了有关色彩理论的基础知识。当三原色涂料从罐子里流出来，在地板上以各种方式混合在一起，呈现出各种新的颜色——包括橙色、绿色和紫色时，小读者和故事里的小猫咪一起学到了新色彩是如何产生的。

同样令人深受启发的，还有布朗为了向学龄前儿童介绍艺术史而精心构思的框架故事。在由罗伯特·德·维拉克（Robert de Veyrac）绘制插画的《一百扇窗户的房子》（*The House of a Hundred Windows*）中，布朗又设计了一只好奇的小猫，独自住在一栋大房

玛格丽特·怀兹·布朗，
克雷门·赫德
《晚安，月亮》
天略童书馆 / 北京联合出版公司

子里。小猫在大房子里挨个巡游房间，在每个房间的每扇窗户前，它都要驻足停留，仔细欣赏从窗户看出去的风景。此时，跟随小猫的目光，儿童读者们看到的"风景"实际上是亨利·卢梭（Henri Rousseau）、约翰·詹姆斯·奥杜邦（John James Audubon）、乔治·德·基里科（Giorgio de Chirico）等艺术家的名画。布朗的巧妙构思不仅为幼儿创造了体验高雅艺术的最初机会，也植入了一种哲学观念——艺术其实是一种独特视角的表达，作为人类，我们都在以自己的角度看世界。

在布朗最负盛名的两部作品《逃家小兔》和《晚安，月亮》中，布朗戏剧性地刻画了幼儿情感成长的两个关键时期。《晚安，月亮》回应的是儿童在人生早期对安全感和幸福感的需求，画家克雷门·赫德将故事的发生地——那个大大的绿色房间，设计为一个温暖自足的养育空间，这正是对儿童需求的完美呼应。评论者对布朗简洁朴实、结构重复的文字不屑一顾，戏称其为单词列表，或者儿童房里的物品清单，平淡而乏味。然而，真正的高明在细微处！在《晚安，月亮》开篇的几个对页中，布朗实际上讲了一个造物故事，通过向孩子确认他们的小世界里的一切都已归位来安抚孩子——既然万事万物都有自己的位置，那么孩子作为这个世界的初来乍到者，也完全有理由相信这里就是他们的家。接着，当这个歌谣体故事进行到一半时，布朗转换了叙述视角，邀请孩子通过逐个跟每样事物说"晚安"来和它们直接对话。突然之间，绿色大房间不再是一处固定不动的场所，转而变为一个孩子能与之亲密交流的鲜活的生命体。实际情况中，父母和孩子在共读这本书时——通常是持续数月乃至数年，每天晚上都要读——总会不断地更新这个睡前仪式的版本，因为他们会持续不断地往"晚安清单"上添加自己喜爱的事物。这种阅读方式会使布朗倍感欣慰，因为她的初衷就是想给孩子们创造放飞想象、表达自我的机会。《晚安，月亮》中"晚安，没有人"那一页最能体现布朗邀请儿童参与故事的努力：这一页出乎意料地以一片空白替代了插图。接受了这一挑战的孩子，开始将目光投向绿色大房间以外的世界——生活于他们而言，不再只是寻求安全感，对自由的追求也开始蠢蠢欲动。

玛格丽特·怀兹·布朗，克雷门·赫德
《逃家小兔》
信谊／明天出版社

赫德的插画与布朗的文字堪称天作之合,同时也都在各自的部分进行了出色的探索。隔页出现的彩色画面,每一幅是都从不同角度观看房间内部的全景图,一幅一个视角,将原本的平面图像围成了一个完整的封闭空间,孩子就能更好地"阅读"了。赫德学过戏剧舞台设计,他对这个绿色大房间的描绘充分显示了这一点。而且,他还将场景里的灯光逐页调暗,以此引导孩子——该入睡啦!赫德所做的这些尝试都是极不寻常的,都在为凸显布朗的创作意图服务:要让儿童获得即时的现实经验,而不是总沉浸在传统的那种"很久很久以前"式的幻想中。而每两幅全景图之间插入的黑白细节图,则发挥着类似剧场"幕布"的作用,也为幼儿探索房间发挥了视觉辅助作用。

同样由克雷门·赫德担任图画作者的《逃家小兔》,恰好接过了《晚安,月亮》没有表现的成长主题。在兔妈妈创造的安全的养育环境里,这只小兔子感受到的束缚已经远大于舒服,所以在故事一开头,他就告诉妈妈,他要离家出走。这个宣言引发了一系列令人惊叹的言语交锋和一场智慧的较量,在这场对战中,比拼双方都证明了想象力具有改天换地的巨大能量。故事一开始还很寻常,兔妈妈还

"如果你变成树,"小兔说,"我就要变成小帆船,飘得远远的。"

能云淡风轻地回应兔宝宝的威胁:"你跑走了……我就去追你,因为你是我的小宝贝呀!"但紧接着,小兔子的回应开始变得肆意妄为——要是妈妈来追他,他就要变成一条鱼游走。兔妈妈对此的回应是,她发誓一定要变成一个渔夫抓住他。小兔子立刻反击道:如果是这样,他就要变成高山上的一块大石头。面对这种情况,兔妈妈的回应是:"我就变成一个爬山的人……"就这样,母子俩的变形游戏持续了好多轮。这本书的文字有一种令人窒息的美。布朗在创作时借鉴了一首传统的普罗旺斯情歌,因而文本在很大程度上保留了原作所具有的情感强度。《逃家小兔》的核心其实是人类共通的两个最基本的冲动:一个是母亲对孩子无条件的爱,另一个是孩子对平衡两种关系的迫切需求——对母爱的渴求,以及发展独立人格的必然。通过故事,布朗想要告诉孩子们,这两种冲动都是对生命最自然的回应,他们在面对这两种冲动时内心所产生的混乱也是成长的一部分,是再自然不过的事情。赫德将两类场景做了明显的区分,以此强化布朗的观点:表现小兔子与兔妈妈现实关系的场景时,赫德采用的是温馨的黑白线条画;表现两只兔子天马

玛格丽特·怀兹·布朗,
克雷门·赫德
《逃家小兔》
信谊 / 明天出版社

"如果你变成小帆船,"妈妈说,"我就变成风,把你吹到我要你去的地方。"

行空的幻想追逐游戏时,赫德则采用了色彩鲜艳的全景式图画。这种对比强烈的风格很好地演绎了小兔子矛盾情绪的两个极端。

布朗创作的表现儿童发展关键期的故事和孩子们乐于探索的"此地此时"主题故事,对创立全新的图画书创作模式发挥了重要作用,这些模式如今早已为全世界所接受。在下一代图画书创作者(包括文字作者与图画作者)中,受布朗影响最深的当数莫里斯·桑达克和艾瑞·卡尔。像布朗一样,桑达克在《野兽国》和《午夜厨房》里把幼儿未经驯化的情感放到舞台中央,通过一系列故事叙述,让这些情绪变得更可控。与桑达克不同,但同样是布朗追随者的艾瑞·卡尔,在他的《好饿的毛毛虫》及其他作品中将儿童视为学习者,让他们就像"此地此时"的探索者们一样,用嘴、手或其他感官亲身去感知真实的世界。卡尔创作的图画书具有简单、重复性的结构,幼儿很容易就能抓住要领,而且一旦形成自己的想法,就能构建出自己的故事。

布朗认为,一个好的图画书文本"几乎能够用口哨吹出来"。有一次,她做了一个实验,用法语给一群不懂法语的学龄前儿童读了一个故事。在总结实验结果时,她俏皮地说:"他们一个字都没听懂,但他们喜欢每一个音节。"在布朗看来,从这次实验中得到的最有价值的经验就是,语言的音乐性也应当是婴幼儿故事重要的组成部分。她还补充道:文字的节奏也同样重要。她将节奏比作父母怀抱里的摇晃与抚慰,这对孩子具有同等重要的影响。布朗对幼儿感性认知的关注只是她终生追求的新的图画书讲述方式的一个方面:故事并不是在读者读完最后一个字或看完最后一幅画后就结束了,还应留有一点儿未完成的部分,让父母和孩子以他们所期望的方式继续共同完成。◆

玛格丽特·怀兹·布朗,克雷门·赫德
《逃家小兔》
信谊 / 明天出版社

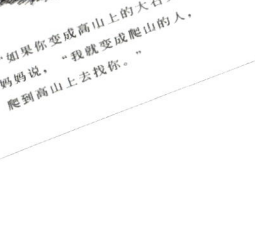

"如果你变成高山上的大石头,"妈妈说,"我就变成爬山的人,爬到高山上去找你。"

让一个有趣的故事拥有深意

——《天啊！错啦！》的创作与思考

文／姬炤华 徐萃

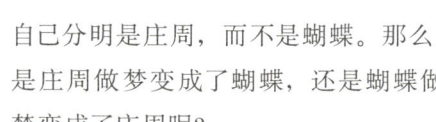

一阵风把一条裤衩吹到兔子的头上。"这是什么？哦！一顶帽子。"这顶帽子非常适合兔子——上面有两个洞，刚好可以把耳朵伸出去，帽檐上还有一圈松紧带，可以防止风把帽子吹走。森林里的动物都很喜欢这顶帽子，纷纷试戴，可惜它只适合兔子。只有见多识广的驴子认为兔子露怯了：这是一条裤衩，应该穿在屁股上。兔子照驴子说的做了，可麻烦也接踵而至，所有的动物都认为兔子错了——帽子应该戴在脑袋上！于是大家各执一词，争执不下……

这本书从产生创意到完成设计大概用了8年时间，而正式作画只用了3个月。希望大家能够从我们的讲述中看到，一本书的创作，真正耗费心力却容易被忽略的部分，是正式动笔之前的那个过程。

古代灵感，现代主题

《天啊！错啦！》从2001年就开始了它的旅程，最初它只是一个有趣的点子：裤衩对于兔子来说，应该戴在头上，还是穿在屁股上？理由是什么？这种逆向且有趣的思维，是漫画创作中的一种常用手法。这个灵感来自《庄子·齐物论》"庄周梦蝶"的故事：有一天，庄周梦见自己变成了一只翩翩起舞的蝴蝶，悠游自在，根本不知道自己原来是庄周，突然梦醒了，却发现自己分明是庄周，而不是蝴蝶。那么，是庄周做梦变成了蝴蝶，还是蝴蝶做梦变成了庄周呢？

这本书的主题却是现代的，美国《学校图书馆杂志》称它是"激发了孩子创造性思维和问题解决能力的有趣的图画书"。在知识经济时代激烈的市场竞争中，创造力是谋求生存和发展的最重要、最根本的能力。独立思考则是获得创造力的先决条件，一个把自己的思想依附在别人的大脑上，随波逐流、人云亦云的人，很难想象他能拥有创造力。德国哲学家康德（Kant）在解释什么是"启蒙"时说："启蒙，就是使每一个人能够独立运用自己的理性。"《天啊！错啦！》就是要使每一个孩子能够独立运用自己的理性，学会独立思考，获得创造力。

书名的用意

在2007年创作这本书的时候，美国出版社曾建议将书名改为《一顶最棒的帽子》，我们经过仔细考虑，说服了出版社，还是使用了《天啊！错啦！》这个书名。

既然故事的结尾是兔子最终听从了自己内心的声音，把那条裤衩当作自己的帽子，那为什么还要用《天啊！错啦！》这个书名，不直接叫《一顶最棒的帽子》呢？虽然我们赞同兔子的选择，但我们不愿意给孩子一个绝对的答案，因为在我们看来，人和驴子也都没有错。兔子有自己的选择，那么驴子和人也应该有自己的选择，大家彼此尊重。书名就像书籍的灵魂，我们希望在兔子做出抉择后，仍然有一个声音去提醒读者："你要有自己的判断。"所以我们选择了《天啊！错啦！》这个名字。我们想对孩子们说：没有一

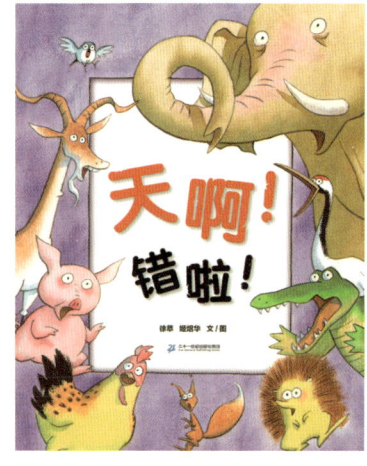

徐萃，姬炤华
《天啊！错啦！》
蒲蒲兰绘本馆／二十一世纪出版社

样东西的用途是一成不变的，对不同的人来说，只要适合自己的就是对的！也是因为这一原因，我们在讲故事的方式上，选择了通篇"对话"，而没有采用叙述性的文字。我们不想做任何定论，而是希望由读者来做出判断。

有意思的是，这本书在输出法语版权的时候，法国出版社并不知道美国人当初的建议，他们拟定的书名是《一条红裤衩》。也许这就是文化差异的体现，西方人喜欢直观的表达，东方人则比较含蓄。

线框和画外音

起初，这本书的画面都被线框围住，线框之外有画外音，那是故事讲述者的声音，就像"小人书"——老连环画的形式。

在以往大多数故事类的图画书里，作者或故事讲述者是故事里人物的主宰，讲述者决定着人物的命运。我们所了解的人物语言、心理活动等都是由他讲述给我们的，讲述者是书中的"权威"。而《天啊！错啦！》则不同，线框里动物们的对话，不由讲述者转述，除驴子以外，动物们的观点总是与画外音对立，画外音总在说："错啦！错啦！"他们的意见从来没达到一致过。当兔子最终做出了自己的选择时，他就把线框破坏掉，让鲜艳的色彩从线框内流出，像水一样流向纸张的每个角落，画外音的文字被色彩冲得七零八落。最后，整张画面都被色彩充满，再也没有线框的束缚和画外讲述者的声音了。兔子则大声地说："这是顶最棒的帽子！"告诉读者它要听从自己的声音。因为前面的画面都有线框的约束，画面相对较小，而到了最后一张因为去掉了线框，画面一下子大了起

"这是顶最棒的帽子！"

来，同时我们采用了暖色，这样兔子做出决定后的快乐就有一种跳跃而出的感觉。

环衬里的故事

为了不断强化故事的主题，同时又让孩子们感到有趣，我们还设计了相互呼应的前、后环衬。前环衬埋伏着玄机，所以选择冷色调，桌椅与篱笆也透出一种整洁有序的韵律，安安静静地出场。这样，当读者看到前环衬时，不会太注意画面上的东西，也猜想不到结果。然而当大家读完故事，再看到后环衬时，我们希望读者会大吃一惊或开怀一笑——每个动物都找来了一顶适合自己的"帽子"，这些"帽子"其实都是在前环衬上出现过的东西，同时在画面的处理上，我们

前环衬冷色调，安静、有序，后环衬暖色调，明快、热闹。

天啊！错啦！这不是帽子！

《天啊！错啦！》内页与《幻城喻品》对比图

采用了明快的调子、姿态活泼的动物、乱哄哄的热闹场景，如此就能和前环衬静谧的氛围形成鲜明的对比。

异时同图

《天啊！错啦！》的故事是由一条路贯穿起来的。兔子在森林里的路上遇到了许多动物，大家都很喜欢这顶"帽子"，轮流试戴了一下。在图中，兔子重复出现了多次，但这个故事是发生在同一只兔子身上的，而试戴则要分先后，因为只有一顶"帽子"，所以，这幅画是将不同时间发生的事情画在了同一幅画面上，试戴的过程同时映入读者的眼帘，一目了然。

这幅画借鉴了中国传统绘画的表达方法。敦煌莫高窟壁画《幻城喻品》是佛教《法华经》中的一章，讲述了一个聪明而坚定的向导，帮助旅行者完成遥远艰难的旅程并最终走向目的地的故事，用以比喻《法华经》引导人们皈依佛教。当旅行者们因困乏而动摇、退缩时，向导就幻化出一座城池（画面右侧黑色的便是），城内舒适优美、林木繁茂。旅行者们休息过后，恢复精力，向导就鼓励大家继续前行。在《幻城喻品》中，向导多次出现，也是用一条弯曲的路把整个故事串联起来。将《天啊！错啦！》的那张内页图和《幻城喻品》放在一起比较来看，会发现两幅画上的人物都处于不远也不近的距离，视角似低空俯视，并采用散点透视，让读者和观赏者好似跟着人物边走边看一般。

这条路的设计还能暗示一些情节。因为书是从左向右翻阅的，兔子自然要从左向右走。因此，当我们看到兔子与动物们的前后位置时，就能判断出一些没有画出来的情节。比如兔子

与刺猬显然是迎面撞见；小鸟则从后面飞过来叫住了兔子；而后面兔子犹犹豫豫地穿裤衩的那幅画中，驴子匆匆忙忙向右走出了画面，在后环衬上，驴子又走回来了，就像生活在都市中的大忙人，总有什么事情要忙似的。

色彩的表达

我们希望让故事发生在一个远离喧闹的神秘森林中。在风吹裤衩的那一幅图中，我们借风来暗示距离，近景是小镇，远景是森林，风是线索，它把裤衩吹到了离市镇很远的地方。森林为什么不画成绿色呢？因为艺术创作遵循的是心理上的真实，画面的色彩是心理情绪的一种反映，并不一定要完全符合真实。蓝紫色的树暗示了森林的深度及密度，增加了它的神秘性。

关于绘画中的色彩，我们仍然借鉴了传统绘画，比如明代画家仇英的《南溪图》中，树就是蓝色的。中国画用蓝色来渲染植物，看似没有道理，但在晴朗的白天，远处树木的树冠就会

《南溪图》局部，明代仇英作。画面中间的树木，其树叶着"青"而不染"绿"，呈现出天蓝色的效果。

呈现出天蓝色，近处的植物也会因反射天光而绿中"带"蓝。因此，中国传统绘画的画家用蓝色来画植物，是对自然观察的结果。

这本书里还有一些比较微妙的细节处理，比如把"大家都试着戴了一下"与"动物们都不同意兔子把裤衩穿在屁股上"这两幅图放在一起，就会发现最初的色彩比较温暖、欢快，而由于故事情节发生了变化，后面的色彩整体偏"冷"，呈现蓝紫色调，表达因出现了麻烦导致心情不再那么欢快了的情绪。后来在兔子做出自己的选择而拆掉线框的那幅画中，色彩又从冷色调变回了欢快的暖色，预示着兔子的心情又欢快起来。但色彩的这个变化过程比较微妙，并不是很强烈，因为对兔子来说，"是帽子还是裤衩"这个问题并非大是大非，也没有绝对的对与错，那只不过是它内心的一点儿小纠结罢了。

《天啊！错啦！》希望告诉孩子们，每个人都应该有自己的想法和选择，但同时也要尊重他人。所以我们希望大家在和孩子们一起读这本书时，也遵循这个原则，允许孩子们说出自己的意见，有自己的想法，不去统一答案。◆

没错！就这么穿！

现代图画书将走向何方？
——法国图画书叙事艺术的发展

文／苏菲·范德林登
译／张月

图画书是一种起源于英国的童书类型，十九世纪末伦道夫·凯迪克的作品开启了现代图画书的创作时代。通过他的作品，我们可以给图画书下这样的定义：一种以图文互相作用的叙事方式为主导的书。

而这一传统的"以图文互相作用的叙事方式为主导"的图画书，一直以来都在图画书的发展中占据重要位置。以法国为例，开心社和后来的伽利马青少年出版社对推动法国图画书的发展发挥了重要作用。这两家出版社引进出版了很多优秀图画书作品，如莫里斯·桑达克、汤米·温格尔（Tomi Ungerer）、艾诺·洛贝尔（Arnold Lobel）、昆汀·布莱克（Quentin Blake）、托尼·罗斯（Tony Ross）等作家的作品。正是由于这两家出版社的推动，使得图画书在十九世纪八十年代的法国，在童书中——更准确地说是在青少年文学中——占据了主流地位。

渐渐地，以《大象巴巴》的作者让·德·布吕诺夫（Jean de Brunhoff）为首的法国传统图画书创作者们开始有了很高的声誉。这些作家与生俱来的幽默感迥异于盎格鲁-撒克逊作家，开创了属于法国图画书作家的独特风格。而随后的皮埃尔·埃利·费里尔（Pierre Elie Ferrier）、克洛德·布容（Claude Boujon）、菲利浦·科朗坦（Philippe Corentin），也都成为无可替代的幽默大师。

自1986年出版第一本书以来，克劳德·旁帝就给法国图画书领域带来了一种崭新的视角。三十多年来，这位作家汲取成功和批判的经验，通过自己风格中的优势和独特之处，利用自己强大的创造力以及获取儿童想象力的能力，在图画书史上留下了属于法国童书的浓墨重彩的一笔。

与克劳德·旁帝同一时期的葛黑瓜尔·索罗塔贺夫（Grégoire Solotareff），可以说深刻地改变了图画书创作风景中的部分格局，并且发展出一支不断壮大的图画书流派。葛黑瓜尔·索罗塔贺夫和他的姐姐纳佳（Nadja）、妈妈奥尔加·勒凯耶（Olga Lecaye）一起，用一种以情感和象征手法为中心的叙事方式，充分运用材料的厚重感，承袭二十世纪九十年代初以来以线条和水彩为主的呈现方式，为孩子们描绘出色彩斑斓的图画书世界。

当图像叙事图画书成为主流……

在以传统图画书为主的大背景下，1993年，一头名为"娇娇"的奶牛强势闯入童书领域，引起了强烈的反响。

罗尔德·达尔，
昆汀·布莱克
《大大大大的鳄鱼》
Gallimard Jeunesse，1978

葛黑瓜尔·索罗塔贺夫
《闪电之间》
奇想国童书2020年即将出版

[话 题]

它的创作者奥利维耶·杜祖（Olivier Douzou）是一位设计师，学的是建筑专业，《奶牛娇娇》是他为孩子们创作的第一本图画书。书中的图画极具装饰风格，用极简的方式，以一种类似于宣传画的效果，给读者提供了一种"图像叙事优先"的阅读方式：一头奶牛的身体部位从它的身体上逐渐分离出去，又在天空中再次出现，变成银河系的一部分。这一切都是在美妙而诗意的逻辑结构中完成的。

1994年开始，奥利维耶·杜祖任职于胡埃格出版社少儿部。他跳出插画家的狭小圈子，为孩子们带来了一批基本来自设计、现代漫画或当代艺术领域的新一代创作者。这些创作者的加入，为图画书领域带来了迄今依然流行的、别具一格的图像叙事方法和风格，而这些书的主题通常专注于现实日常生活中那些让人意想不到的事物。传统的叙事绘画对于图画书来说不再是必要的存在，而整体性、表现性或者对设计理念的思考开始变得不可或缺。

与此同时，不论是在制作方面，还是在阅读时的视觉方面，图像叙事优先的作用都在迅速增强，成为二十世纪九十年代的一股强劲潮流。在所有童书作家的眼中，童书不再是某种让人感兴趣的特定形式，也不是他们表达的一种次要模式，而是和其他媒介一样，是一个完整的艺术载体。

奥利维耶·杜祖
《奶牛娇娇》
魔法象童书馆／广西师范大学出版社

传统叙事与图像叙事之争

自此，传统叙事图画书和图像叙事图画书开始平分天下。很快，出版社的编辑们便开始对这两种类型的图画书进行融合，既出版风格偏传统的叙事图画书，也出版大量艺术家的创新作品。

但在很长一段时间里，这两种类型的作品是相互割裂的，在方向和目标上也是相互对立的。进入二十一世纪后，人们几乎认为传统叙事图画书将会慢慢退出舞台。这一时期，创作者们在原创性上相互角力，力求让自己独树一帜，并将图画书看作是一种艺术表达的理想载体，希求在图像艺术领域占领一席之地；而传统叙事图画书——通常等同于"学术派绘画"，或是和传统绘画联系起来——看起来似乎没什么活力和吸引力了。即便如此，传统叙事图画书依然在出版

克洛德·布容
《蓝色的椅子》
启发文化／北京联合出版公司

领域占据中心和主导地位，但似乎不再是最受关注的风格类型。

与此同时，图像叙事优先的图画书发展迅速，吸引了大批图书和图画方面的评论家与专业人士，但在吸引小读者方面相对缓慢且较为吃力。这主要是因为，这些作品通常会因为偏向成人绘画爱好者，而使得它们与儿童读者之间产生鸿沟。

安纳斯·芙吉拉
《罗朗一个人》
海豚绘本花园 / 长江少年儿童出版社

幸运的延续

在年轻一代几乎完全转向创作图像叙事优先的图画书作品的大背景下，安纳斯·芙吉拉（Anaïs Vaugelade）却另辟蹊径。安纳斯出生于二十世纪七十年代，在莫里斯·桑达克、汤米·温格尔、克劳德·旁帝等大师作品的影响下，她将自己的艺术天分融入作品的灵魂中，并展现自己的独特风格——尤其是在色彩运用方面。她于2012年出版的作品《骑士和森林》（*Le Chevalier et la Forêt*），就体现了她从这些大师身上所学到的技巧（对精神分析法的借鉴，象征手法的运用。在主题讨论上的大胆，叙事节奏上的紧凑），成就了独一无二的世界。她的作品安静质朴、线条分明，在文本和图画之间没有特别的互动，在页面上也没有很多花哨的设计，与其他风格流派相比，有着非常明显且细致的不同。由此，安纳斯·芙吉拉为以文本叙事为主线的传统图画书注入了新的强劲活力。

同时，一些出版社也开始注重对经典民间故事的重新叙述，并以幽默的语言和独特的绘画风格在童书出版界拥有了一席之地。2005年出版的《小小人的大烦恼》（*La Grosse Faim de P'tit Bonhomme*）和2008年出版的《嘶嘶嘶，被我咬上一口，你就完蛋啦！》（*Sssi J'te Mords, T'es Mort !*）两本书的成功，绝大部分归功于它们的作者皮埃尔·戴勒（Pierre Delye）——一个职业的故事讲述者。他练就了一项讲述者的真正才能——讲述可以走入

我们记忆的故事。我们总能在他的故事中发现一些经典的元素,但同时也能回望现实。对他来说,讲述一个故事,不是为了给孩子一副药到病除的良方,而是一种分享和交流的媒介。

从事插图创作,也在青少年杂志社打拼过的图画书创作者马克·布塔旺(Marc Boutavant)带着自己独特的风格进入了这一领域。他笔法精湛,图画色彩丰富浓重,且趣味性十足。邦雅曼·肖(Benjamin Chaud)的作品与马克的作品一样特点鲜明。2011年,邦雅曼创作了一本特别的童书——《熊爸爸之歌》,之所以说它特别,是因为它既是一个故事,又是一个游戏。熊爸爸从冬眠中醒来后,发现小熊不见了,于是开启了一段寻找小熊之旅。这场事关亲情的旅程,带领小读者在页面中开始自己的寻找游戏的同时,对文化与自然之间的联系提出疑问,并由此引发了许多极具象征意义的思考与共鸣。

前景光明的创新之作

事实上,在二十世纪末或二十一世纪初进入图画书创作领域的图像设计师们,今天已经逐渐转向传统叙事图画书创作了,并试图跨越和消解传统叙事图画书和图像叙事优先图画书之间的界限与隔阂。

2012年,让-弗朗索瓦·马丁(Jean-François Martin)创作的《象博士的人文课》出版。这是一本涵盖领域颇多的人文百科图画书,它不仅打破了想象与纪实之间的界限,让二者并驾齐驱,并在一个有趣的故事框架内,将形象和主题以图像叙事的形式展现出来。

奥利维耶·杜祖也同样经历了转变。他于2001年离开胡埃格出版社少儿部,又在10年后带着明显具有新风格的想象派的作品回归。这一介于图像叙事和传统叙事之间的潮流,准确地来说,是由图像设计师们为主导的服务于传统叙事的潮流,显然已经成为未来前景中最重要、最丰富的流派之一。凭借着它对其他创作形式的开放和包容,以及它本身内在的丰富性,最终,法国图画书将会成功转型。这对于经历着一段激烈动荡时期的世界出版行业而言,也无疑是一次重要的启示。◆

皮埃尔·戴勒,
塞西尔·于德里西耶
《小小人的大烦恼》
奇想国童书 2020 年即将出版

索菲·斯特迪,
让·弗朗索瓦·马丁
《象博士的人文课》
乐乐趣 / 陕西人民教育出版社

谁的狐狸？
——我眼中的林明子

文／雅恩·法斯娪耶
译／李学敏

[聚焦]

"说到底，我并不像人们所说的那样成天板着脸……"今天早上，我向神父倾诉，"人们觉得我玩世不恭，对一切都冷嘲热讽，而事实上，我是一个多愁善感的人。在我的内心世界里有一个书架，书架上当然有汤米·温格尔的书，还有威廉·史塔克（William Steig）、嘉贝丽·文生（Gabrielle Vincent）和林明子（Akiko Hayashi）的书。"

是的，我承认我最喜欢的图画书，无论何时何地，都是《阿秋和阿狐》。

这可能是因为，《阿秋和阿狐》是我最初真正读过的图画书之一。对我来说，《阿秋和阿狐》是一块试金石，这本书在一定程度上展示了真正的图画书应该是什么样的。从绝对的古典主义出发，远区别于现在市场上所有图像技艺创新的图画书，《阿秋和阿狐》所蕴含的所有可贵品质，使它超越了技术与技巧的层面，直接达到完美。

我所谓的完美，一方面是指图画上的完美。即使林明子的图画并没有任何技术上的创新，但相比比利时插画家马塞尔·马里耶（Marcel Marlier，"玛蒂娜系列"插画作者），她的画依然高明许多，而高明之处就在于她一点儿都没有刻意吸引读者的意愿。林明子非常擅长画孩子，能准确地把握孩子的情绪节奏，更擅于捕捉细节。她的画风是很纯粹的日本风格，我们在岩村和朗（Kazuo Iwamura）和宫崎骏（Hayao Miyazaki）的画中都可以找到类似的风格。在这种半现实主义的风格中，画中的线条很好地抓取了人物的自然状态，加上一点儿夸张的色彩后，画面就显得更诙谐有趣——《阿秋和阿狐》中有一幅图画是：阿狐和阿秋在行驶的列车上摇摇晃晃地走着，在另一幅图画里，阿秋把她的脸贴在车窗的玻璃上，担心她的小狐狸回不来了。林明子的画就是这样明朗而清晰易懂，表现力十足却不会过火，极具吸引力却不会让人迷惑。

另一方面是叙事上的完美。《阿秋和阿狐》的故事很简单——阿秋的毛绒玩具阿狐开线了，需要缝补，阿狐和阿秋因此一起去找奶奶——不管是直观感受还是深层意义，林明子都站在孩子的角度，写出了真正不凡的作品。

在直观感受上，林明子很明智地靠近地面去"取景"，就像我们蹲下来给孩子拍照，不会给孩子造成居高临下的压迫感。在一定程度上，她也迫使大人们依照孩子看世界的视线高度去欣赏一个精彩的故事，这就是深层意义。这一点在故事里显而易见，阿狐是毛绒玩具，但对于阿秋和周围其他的人类①来说，阿狐是有生命的。对于力量弱小的小女孩阿秋和毛绒玩具阿狐，他们的探险之旅充满了挑战——他们要自己坐火车去奶奶家；上车的时候，阿狐被火车门夹住了尾巴；后来，在沙丘里散步的时候，阿狐又被大狗叼走，埋进了沙丘里，阿秋费了九牛二虎之力才把阿狐救出来；然后，阿秋把阿狐背在背上继续走，像运送一个伤情严重的伤员。

《阿秋和阿狐》这本书的画面和叙事堪称完美。林明子艺术上的绝妙之处在于，她让大人和孩子都在她的

林明子
《阿秋和阿狐》
爱心树童书／南海出版公司

①这和比尔·沃特森（Bill Watterson）笔下《卡尔文和霍布斯虎》里的玩具霍布斯虎完全不同，玩具霍布斯虎只是对卡尔文（或者图画书里出现的其他想象中的朋友）来说是有生命的。

叙事方式中找到了共鸣，而她的图画书从来不会刻意显示出她所面向的读者是谁。

从这一视角来看，《阿秋和阿狐》的开篇场景就是一个小小的精彩作品。我们看到阿狐被放在空摇篮旁边的凳子上，等待快要出生的阿秋，在下一幅图画里，阿秋已经被放在摇篮里了。阿秋的出生对于阿狐来说是一个惊喜，也是给读者的一个惊喜。当翻过一页后，我们带着和阿狐一样的情感发现，小宝宝醒来了。这一页有四幅连续的图画，记录了阿秋小时候和她的小狐狸一起度过的时光，记录了他们亲密的友情和阿秋活泼好动的个性，这些图画把我们直接带入主题，也就是说，故事从这里才真正开始。

如果我们分析《阿秋和阿狐》的每一个精彩瞬间，就会发现，所有的叙事形式都在书中有所体现。但首先需要强调的很重要的一点是：她的这种叙事能力和叙事技巧不是随便使用的，也从来不是服务于一个预先设定的想法，而只服务于故事的叙事发展。只有在故事需要的情况下，她才会选择一种适应于她所要讲述的故事的技巧（广角镜头、长焦镜头或突然给人一种跌宕起伏的连续的短镜头）。这看似很容易，但事实上并没有想象的那样简单。如今我们在哪里可以找到如此流畅明快的故事呢？很少有现代图画书能够让我记住这个道理：简单！我们都在追求简单美好，但简单明了的故事并不一定是因为我们运用了较少的技巧，或是技巧单一化、最简化、概念化等。相反，在林明子的创作中，很多事情都是因偶然碰撞而产生的火花。她根据叙事需求的不同，选择不同的技巧来与故事相匹配。所以，画

家的艺术创作有点儿像做飞行员，要懂得通过灵活的调整来不断地适应环境，而不是僵硬地进行操控。林明子的智慧之处首先体现在吸收融合与灵活运用上，而不是抱令守律，不知变通。在这方面，林明子是一位榜样型的画家，她懂得如何与读者玩游戏，却不会捉弄读者；她会指引我们跟着她的方向走，却从来不带有强制性。

她想要表达的，或许在这本书接近结尾的那一个跨页中已经完美地呈现出来了。我个人认为，这是这本图画书里最精美的一幅跨页图，是最具幽默感也最令人感动的画面之一：落日的余晖洒在一望无垠的沙丘上，小小的阿秋背着阿狐向前走着。"奶奶的家，在哪里呀？"她问阿狐。"没事，没事。"被狗攻击得满身是伤的阿狐，只是一直重复说着这句话。

"没事，没事"，其实包含了所有。
谁会比林明子做得更好呢？❖

林明子
《阿秋和阿狐》
爱心树童书／南海出版公司

作家要不断地挑战
——对话热血作家彭懿

采访／《画里话外》编辑组

彭懿、张哲铭
《红菇娘》
信谊／明天出版社

对于图画书爱好者或从业者来说,"彭懿"一定不是一个陌生的名字。所有刚步入童书行业的新人几乎都会阅读他的《图画书:阅读与经典》,以此敲开行业大门;很多父母在为孩子挑选优秀图画书时,会将封面上的"彭懿译"三个字视作定心丸。不过,除了"幻想小说作家、图画书研究者、阅读推广人、童书翻译、非著名摄影师"这些常常跟在他名字后面的身份外,如今对他来说活跃度最高的身份是"图画书创作者"。如果要在国内原创图画书市场评选"流量担当",彭懿的作品一定榜上有名。他的演讲活动场场爆满,在演讲中,他总是说:"我要承包某某画家三年!"这句略带玩笑的话有着十足的底气,却也不禁令人心生疑惑:"他到底哪里来的那么多故事?"

带着这样的好奇与疑问,《画里话外》编辑组在今年年初与他约到了一次专访,并深入地了解到:成功绝非偶然,丰富的人生阅历、不断累积的文学素养与阅读量,以及"不愿重复自己"的求新求变的内在动力,都让他为自己的作品赢得了超高人气。他的作品风格与形式多变,总是令人耳目一新。从他所讲述的那些创作背后的故事中,也可一窥那些从生活的四面八方不断涌出的故事灵感来源,以及触动读者真实内心与情感的叙事技巧。

《画》:您从小学画画,后来又就读昆虫专业,再后来才开始幻想文学的创作。作为一名拥有多重身份的作家,您觉得艺术和科学对您的叙事风格有什么影响?您选择合作的画家有不少都是偏写实风格,是否也有这个原因?

彭:我小时候学过画画,但最终被认定好像不能成为画家。小的时候,我还喜欢写作。当时我们邻居有一位专门写科学童话的作家,我跟他学写过一些科学童话,后来我就去学了昆虫专业。但我并不能说是昆虫学者,因为我只做了3个月的害虫防治,就转到上海科学教育电影制片厂做电影导演,拍了5年的科教片。你们应该是从《红菇娘》中看出我喜欢写实主义风格,但那个作品是一个例外。其实我并没有给自己设定框架,限定说喜欢某一种风格。如果我没有记错的话,我的其他作品都是先有的画家,我为这个画家创作故事。但我确实想把《红菇娘》做成写实风格,因为这是由故事的题材决定的。你们可以试想,如果用抽象的风格来表现这个故事,那我所描绘的那种东北地区的风貌就完全体现不出来了。台湾信谊的张杏如女士为这本书筛选了大量的画家,最终选择了张哲铭。我觉得张哲铭把这个故事完美地再现了出来,他选择了牛皮纸来画画,呈现出的故事感觉就应该是这样的。

《画》:《红菇娘》应该是您的第一个写实题材的故事,请问当初是怎么考虑创作这样一个故事的呢?

彭:应该是在2014年吧,我母亲去世之前,我陪她度过最后一段日子。我每天去医院看她,都会走过一条小路——那条小路很短,大概不到100米。我记得有一次,走到前面的时候，看见右手边有一棵树，树下拴着一只羊——就是书里面的那只小山羊，一模一样；再往前走有一栋楼，那栋楼的后院搭了很多栅栏，栅栏边上长满了我这本书里出现的麻秆花，也叫蜀葵；然后再继续往前走，看到前面的地里长着一丛不算太高的植物，结满了小灯笼一样的红果子。我低头一看，马上就认出来了，全都是菇娘，我们东北话叫菇娘儿（娘字第三声）。以前我们东北人总是吃黄菇娘。一到秋天，东北人就拉着板车走街串巷卖黄菇娘，很便宜，很好吃，像砂糖一样。把菇娘的纸衣剥开，里面的黄颜色非常漂亮，我们小时候经常吃。可是我这次遇到的菇娘是红色的，我从来没见过，它长得非常美，皮本身就是红色的，上面还有点儿绿色。我看主人没在，就摘了两个。回家之后一剥开，发现里面的果肉是橘红色的，吃起来特别甜。于是，我突然间就很想写一个关于童年的故事，这个故事也就有了切入点。

关于童年的故事，我心目中有一本特别喜欢的图画书——林明子的《第一次上街买东西》。那本书在日本卖得特别好，许多年前就卖到300万册了，可是很多人不知道这本书为什么好。它是一个关于成长的故事，一个小女孩所遇到的困难、挫折，都由这个短短的故事呈现出来。我一直想写一本向它致敬的书，作为一个作家，我觉得《红菇娘》是一个很好的故事。

《画》：这个故事是写"味道"的，您选择这个点来创作，是因为觉得味道更能够引起大家对童年的感官记忆吗？

彭懿，张哲铭
《红菇娘》
信谊 / 明天出版社

彭：其实出版后的故事较之原稿有很多改动。我原本更多强调的是：妈妈有一种自己喜欢的童年的味道，我也想拥有。但最终这版故事被改掉了，变成了一个强调友谊的故事。我对童年的味道特别敏感，比如说东北有一种瓜，好像叫"角瓜"，我特别不喜欢吃，但到现在我也记得它的味道。另一个原因就是，我认为孩子最喜欢两件事，一个是"吃"，一个是"玩"。所以，我就选择从"吃"入手。当故事的主人公听到妈妈讲山里有一个东西叫"天天"，她不知道什么叫"天天"，就会非常向往。而且最让她向往的是，这个东西不是在水果店里买到的，而是她自己找到的。这样的过程对她来说蛮有趣的，那种喜悦和兴奋不是一般人能体会的。当写下这个故事的第一笔，语感就找出来了，后面的故事写得很顺。

《画》：为什么不在故事的开头就将妈妈难忘的童年味道设定为"红菇娘"呢？

彭：女孩的童年和妈妈的童年不可能叠化，"拥有"是一件很重要的事，每个人都应该拥有自己的童年。让女孩重复妈妈的童年，这样讲故事就没

卡门·奇卡，曼努埃尔·马索尔
《山中》
奇想国童书／海豚出版社

彭懿，含含
《怪物爸爸》
蒲蒲兰绘本馆／新世纪出版社

有意思了。孩子在看图画书的时候，会有自我意识的萌生，只有确定"我要寻找自己"，故事才有一种推进的力量。"重复"是无法使我们进步的，所以必须要独一无二。童年是这样，写故事也是这样。

《画》：这本书里有一个小情节非常有趣，就是小女孩躲雨的时候，旁边蹲着一只癞蛤蟆，癞蛤蟆似乎对主体情节并没有特别的帮助，为什么会这样设计？只是为了表现乡间生活的恬淡感吗？

彭：有些作家的故事结构属于"糖葫芦式结构"，就是一个一个片段串联起来，只需要一个人物和一个背景，故事情节可以随便罗列。我不会这样写故事，我非常在意情节的处理。虽然这本书只讲了一个小女孩的冒险故事，但你也会发现，每翻过两页就有一个情节，一路吸引着读者读下去，所以故事的情节是有起伏的。当时编辑也对我这个情节有过争议，他们说是不是太幻想了？但是我坚持。因为女孩从林子里一路走过来，我想让她有个间歇。我的作品有一些要求，一个就是情节要跌宕起伏，还有一个就是幽默，我的故事离不开幽默。因为图画书必须好玩——我所说的好玩是高级的，不是低俗的——读者才可以发出会心的微笑，心里感觉暖暖的，这是我设置这个情节的另一个原因。再有就是，因为故事主人公是一个女孩，情节的设置就要符合女孩的特点。我知道没有女孩喜欢癞蛤蟆，可她偏偏遇到了，她很害怕，但重要的是她战胜了恐惧，迈出了成长的一步，所以这是必须设置的情节。你看，她一个人从林子里走过来，已经很不容易了，还遇到这样的挑战。她要不断战胜更多的挑战，才能勇敢地大步走下去，对不对？

《画》：您的很多故事给人一种万物有灵的感觉，比如《萤火虫女孩》《守林大熊》《妖怪山》等作品，几乎都和精灵、怪物有关，您觉得您有妖怪情结吗？

彭：有。我大部分收集的书都和妖怪相关，因为我是一个幻想小说作家，在日本的时候受妖怪文学的影响非常深。奇想国有一本图画书叫《山中》，是西班牙作家马索尔的作品。其实原书的名字不叫《山中》，法语版书名翻译过来叫《山中》，但你们知道这个书名的原文是什么吗？是日语：妖怪。这本书是我爱人翻译的。当时她查遍了西班牙语、法语的词典，都没查到这个词的意思，后来她突然间去查谷歌，才发现这个词来自日语。那本书原本是我要来的，因为故事看起来很简单，所以我想研究，我爱人就说"我来翻译"。我很喜欢这本特别的书，它讲的那个妖怪跟我们看过的妖怪不一样。成人会觉得妖怪很灵异，但是，孩子不一定会那样想。妖怪本身代表了"未知"，我一般用这种元素也是为了给故事增加可读性，让故事更有吸引力。

在去年夏天，
一个小女孩失踪了。
小女孩叫夏婵，
没有人知道她的下落，
除了她三个最要好的朋友。
那年他们都九岁……

彭懿，九儿
《妖怪山》
蒲蒲兰绘本馆 / 连环画出版社

《画》：《妖怪山》和《怪物爸爸》都是从儿童文学改编为图画书文本的，对于儿童文学的叙事与图画书文本的叙事，您觉得两者有什么区别？在改编过程中，您遇到的最大困难是什么？

彭：其实这两本还不典型，我后面还有一本书叫《梦鱼》，取材于我的一部长篇小说《大鱼成精》，我没有说它是"改编"，我用了"取材"，因为《梦鱼》这个故事，我几乎是重写的……很多人从长篇小说改编成图画书，出来的成品会让人觉得不像图画书，那是因为他们把故事改成了一个浓缩版的梗概型文本。我不是这样，我基本是根据图画书的语言和特征来重写故事。《妖怪山》在创作的时候也做了很多取舍，但和我原来的故事还比较接近。而《怪物爸爸》呢，因为我原来写的那本书篇幅不长，所以改图画书版本时只是简化了一下。也就是说，每本书的做法不一样。但是我想，从儿童文学到图画书文本的改编，其实是需要重新创作的，作家要重新解构故事。因为一本图画书就是一部电影，相当于要写电影剧本。写小说的时候，一个心理活动就可以描述得很长，而图画书不可能这样，图画书有自己的叙事特点。比如说《妖怪山》用了倒叙的方式来讲回忆，为了让孩子接受和理解，画面上做了很多处理，比如把画面做旧，做成烧焦的感觉，还有字体的变化以及文本语气的变化，然后才开始正常叙述，那也算是在做一种探索吧！所以，要将儿童文学作品改编成一本图画书，一定要根据图画书本身的特点去重写文本，只是浓缩情节的话是不可能成功的。舍弃和重建，这个很重要，也是最难的。

《画》：您的摄影图画书都在展现自然和人美好的一面，比如《巴天人的孩子》《寻找鲁冰花》，您创作摄影类图画书的初衷是什么呢？

彭：我一直以来都很喜欢突破，所以我从来不会只把自己局限在一个领域里。我之前出过很多摄影类的旅行书，那么当图画书这种形式出现的时候，我就觉得可以用照片来做，但怎么做呢？我大概去过6次马来西亚做演讲，知道那边有一个部落，也零星看过一些照片。我预感到这会是一个很好的题材，后来我就去拍了大概一万多张照片回来，筛选到49张还是39张，做成了《巴天人的孩子》。那本书是我差不多用了1个月的时间做出来的，解说词写得一气呵成。但我也有很多考量，比如有一页，一个小男孩突然跳出去之后，情节的节奏开始变得非常明快。我当时的想法就是一种尝试和试验，没有想到会创造一个奇迹，首印就印了14万。喜欢这本书的人太多了，现在重塑那个辉煌已经是不可能的事情，那是我的第一本摄影图画书。

彭懿
《巴天人的孩子》
信谊 / 明天出版社

43

彭懿
《巴夭人的孩子》
信谊 / 明天出版社

彭懿在驯鹿人游牧部落。

《画》：但摄影类图画书在画面叙事上会有局限，编排顺序应该也是一大难点，这些在创作过程中是怎么考虑的？您是先有了故事想法再去拍照片的吗？

彭：不是的，摄影图画书不是这样创作出来的，因为摄影图画书不能预设剧情。你们可能不知道，在写实摄影上有一个禁忌就是摆拍，一摆拍就会虚假，所以我们更多的是抓拍，这样会带来一个致命的难题，就是你不知道你能拍到什么，所以我不会也不可能先创作故事，我能做的就是做大量的准备工作。举个例子来说，创作《驯鹿人的孩子》时，我去到那里之前连能不能遇到孩子都不知道，我又怎么能编出一个剧本来呢？我唯一的方法就是到那里和他们住在一起，每天守在他们身边，把所有的一切全部拍下来。等回来以后，我再一遍又一遍地看这些照片，然后再来构思剧情。创作这个故事不是一件简单的事，因为这是写实的故事，简单来说，就是不能排练也不能表演，只能先记录下来。最后我就变成了一个剪辑师，在上百个GB的照片中一张张挑选。在图画书的编排上，我会更多地去考虑色调变化和情节的连贯，比如说，如果一个跨页上要排两张照片，那么这两张照片的色彩就不能相差太大，画面情节也要接近才行。我带了5台照相机去拍摄，拍出来的照片色调都是不一样的，用在一本图画书里，就要考虑色调、光线与情节的吻合程度，这很复杂。为此我学会了用排版软件，先排出一个完整的作品，再呈现给编辑看，然后由编辑来改动、调整。所以摄影图画书大部分是我自己做出来的，当然，编辑团队会配合，最后把书做得更好。

《画》：您在拍摄的过程中，会不会突然想到要写一个什么样的故事？

彭：会的。比如说《巴夭人的孩子》这种题材，图画书要怎么讲才能让孩子喜欢呢？我在拍摄的时候，一直找不到故事的叙述口吻，直到最后一天，我站在船上看着那些孩子的时候，突然就想到了一句话，也是这个故事的第一句话："我们是巴夭人的孩子。"让他们来讲述自己的故事，讲述自己快乐的日子，这样写作能够避免那些所谓的高度。找到这样一个切入点，后面的故事写起来就容易多了。其实对每一个故事来说，叙述的口吻非常重要。我觉得尤其是故事的第一段或第一句特别重要，可以给整个故事定一个调。

《画》：您创作的图画书还有一种形式很新颖，是摄影与绘画的结合，比如《精灵鸟婆婆》《山溪唱歌》《仙女花开》，这个创意是怎么想到的？

彭：这个我也考虑了好久。比如说《精灵鸟婆婆》，我在新西兰找到了很多像童话一样的雨林，拍下照片之后，我就在琢磨怎么做成一本图画书。有一天，我突然想到要写那样一个故事，开始是图画，然后走到一个幻想世界，画面就是图画和照片的合成，最后回到现实世界，画面还是画出来的。为什么这样做呢？因为所有人都说幻想世界是不存在的，是虚构的，那我把照片和画出来的人物合成以后，你就会看到一个栩栩如生的幻想世界。所以，我是先想到形式，再去构思故事。《精灵鸟婆婆》的这种形式之前没有出现过，很新颖。

《画》：图画的介入，在一定程度上也是为了弥补摄影在图像叙事上的不足吧？

彭：每本书不一样。《精灵鸟婆婆》这本书，我们本来就是想做一个纸上电影的，而那本书的画家是张大均，他是一名电影美术设计师，本来就是拍电影的，所以他很会渲染画面的气氛。这本书里的照片被他做了非常大的改动：他在我原来的照片上只选取一个局部，然后把这部分放大，再加上很多颜色去处理画面的色调，所以你会发现，书里的那个小女孩走过的地方，画面很明亮，但她前面浓雾弥漫，色调很深，代表了人物对前路未知的恐惧，所以这本书的画面处理算是开辟了一个新的样式。我很在意这一点，就是前面没有人做过，而我做出来了。我不想要重复，比如《仙女花开》，我在格鲁吉亚拍了14天，但怎么把拍到的照片做成一本书呢？如果只用这些照片来做，不就是

彭懿，索焱
《仙女花开》
接力出版社

彭懿，张大均
《精灵鸟婆婆》
蒲蒲兰绘本馆 / 连环画出版社

彭懿，索焱
《仙女花开》
接力出版社

重复《寻找鲁冰花》了吗？后来我发现这些照片都有一种非常仙气的绿色色调，就想到我之前看过的一本日本小说，封面是石版画，有点儿类似铅笔画那种淡淡的风格。我突然想到，如果我的这本书是照片加上这种风格的画，一定非常美。我设想，这个故事能不能发生在溪流两边？如果你回去再看一下这本书，会发现故事的大部分都发生在溪流的左边，主人公的活动也一直在左边，直到她的妈妈从天而降，小女孩才从左边跑到右边。所以，作为一个图画书作者，就应该不断地尝试，无论是在叙事、结构，还是整体呈现上。

《画》：也就是说，您在为自己的照片选择图画风格，并考虑这两者怎样结合的时候，也是为了去更好地传达故事？

彭：是的。我其实是用了一个民间故事的躯壳，你看书上的照片，本来就有很远古的感觉，距离现实似乎很遥远，那就不能写个特别现代的故事，不合适。画家索焱画的是黑白素描，和照片结合起来，两者色系一对比，就会产生这种感觉，让人耳目一新。

《画》：您的创作风格一直在改变，今年新出版的图画书《我用32个屁打败了睡魔怪》和您之前的作品风格完全不同，为什么会想要创作这样一个故事呢？

彭：这个非常难。我努力了20年，

彭懿，田宇
《我用32个屁打败了睡魔怪》
接力出版社

只是想写一个像《晴天有时下猪》那样的故事，荒诞无比，让人爆笑。其实，我一直在向"屎尿屁"这类题材挑战，但这样的图画书在文字和画面上非常难把握，做得不好的话就会变得很低俗。你知道小孩的笑点有时候很低的，可我不要很低的笑点，我要很高的笑点。画家田宇把画面创作得非常完美，那个屁被他画得像礼花一样，五彩缤纷，非常狂欢。

《画》：在这本书之后，您还会有类似的作品吗？

彭：有，现在在创作一本书名叫《逃呀，我们不要打屁针》，暂定名吧，讲7个小孩打针的故事，非常好玩，也是和田宇合作的。我们还有第3个故事在合作，暂定名叫《路上全是妖怪》，像美剧一样，情节不断地反转……不过，我想尝试不同风格的写作，所以最近开始跟另外一个画家在尝试幼儿纸板书，但不是简单的认知类，是剧情反转再加认知，这个要根据幼儿的特点来创作，刚刚有一点儿想法。作家要不断地挑战，不然热血没有了，就变成一个打字机了。

《画》：现在有越来越多的年轻作者加入图画书创作队伍，您可不可以分享一些创作方面的经验？

彭：我觉得，画家田宇的经验可以借鉴。他为了定下《我用32个屁打败了睡魔怪》的封面用哪种画法来呈现，把所有凯迪克奖图画书的封面都研究了一遍。要创作好的故事，你首先要知道什么叫图画书，图画书的经典作品有哪些。其实我们也可以细分，先看看你自己想创作哪一类的图画书，我觉得你至少要研读50本以上……你至少要读很多图画书，知道这类图画书的特征，以及它们是怎么讲故事的。如果你能够自画自写最好，如果不能的话，你喜欢哪个画家，就跟他一起"情投意合"地合作，创作出一个好故事来。另外，现在好的机会特别多，经常会有国外知名的作家、画家来中国开研习班。我觉得这些活动一定不要放弃，因为这是真正近距离接触大师的机会。最后还是建议一定多读经典，创作要建立在阅读的基础之上。出书很容易，因为有这么多的出版社，找个人画一画就出版了。但是，只有你的作品能被别人记住，让别人喜欢，不断地再版重印，那你才算是真正的图画书作家。我觉得还是要努力成为那样一个作家吧！❖

彭懿在意大利多洛米蒂山。

儿童视角成为儿童的"我"视角

文／詹妮弗·布朗
译／傻嫜

在纽约银行街教育学院的儿童学校,我们谈论了很多关于童书如何让孩子将书中的故事与自己的个人经验联系起来的话题。对孩子来说,在故事中看到自己或将已知的事物与正在阅读的内容联系起来尤为重要。

教师们通常会借助童书对课堂里和生活中所发生的事情展开讨论。例如,一天早上,我收到了一位在4~5岁孩子的班级里任教的老师发来的电子邮件,说有一只飞蛾飞进了他们的教室,问我是否可以搜集一些关于飞蛾的童书。

银行街教育学院的创始人露西·斯普拉格·米歇尔认为,教育始于儿童所在的地方,儿童的世界随着他们对世界的兴趣和理解的增加而不断扩大,这一观点在她的《年轻的地理学家》(Young Geographers)一书中表达得最为明显。在这本书中,她创立了一张图表,以此来反映儿童在各个发展阶段对世界的不同观察。当她仔细观察幼儿时,她意识到很少有书能反映孩子们已经开始探索和观察的那个世界,以及他们向他人和自己阐释世界的方式。

于是,米歇尔开始创办银行街作家实验室,召集实验幼儿园的老师们共同讨论孩子们在说些什么和想些什么。在露丝·克劳斯创作、莫里斯·桑达克绘画的图画书《洞是用来挖的》中,展现了这些儿童对话的本质,书中随处可见学龄前儿童对各种事物的认知与定义:从洞到脸,从纸巾到狗。玛格丽特·怀兹·布朗、克雷门·赫德、艾丝菲·斯劳柏肯纳、克罗格特·约翰逊(Crockett Johnson)都是这个作家实验室的成员。

每年,银行街都会颁发伊尔玛·布莱克奖,以表彰"一本出色的儿童读物——一本文字和插图密不可分、相互补充、彼此优化,以形成一个独立整体的书"。伊尔玛·布莱克(Irma Black)是一名幼儿园教师,也是研究生院的研究员,后来成为银行街作家实验室的主要负责人。她因为将莫里斯·桑达克带进这个团队而备受赞誉(桑达克设计了伊尔玛·布莱克奖的奖章,就是为了向他的这位好友致敬)。

银行街的孩子们每年都会围绕伊尔玛·布莱克奖最终入围的16本书展开热烈的讨论。这16本书是由一个成人组成的评审团选出来的,评审团的主要成员来自银行街儿童图书委员会,包括研究生导师、教师、图书馆员、心理学家和社会工作者。评审团将这些书分成4组,每组有4本书。通过讨论和细致地阅读,银行街儿童学校三、四年级(8~10岁)的学生们对参赛组里的16个作品进行筛选,先选出8本,接着选出最终的4本。

每个组的4本书会在一个教室里"待"上整整一周的时间,因为孩子们会对每本书展开详细的讨论,关注每本书的叙事风格,以及图画与文本之间是相互补充还是相互矛盾。最终将由一、二年级(6~8岁)的学生负

乔恩·艾吉
《看,书中间有堵墙!》
魔法象童书馆／广西师范大学出版社

责对4个决赛作品进行投票,以确定最终获胜者。从儿童发展的角度来看,三、四年级的学生有时能捕捉到书中被一、二年级学生漏掉的信息,这会增加讨论内容的丰富性。

当讨论到2019年伊尔玛·布莱克奖的四部入围作品之一——乔恩·艾吉(Jon Agee)的作品《看,书中间有堵墙!》,并对入围作品中哪一部是他们最喜欢的作品展开辩论时,三、四年级的学生和一、二年级的学生对《看,书中间有堵墙!》的评价产生了分歧。

在艾吉的这本书中,每个展开的跨页里都有一堵红砖墙出现在书的中缝地带。在这堵隔离墙的左侧,一名骑士正爬上梯子,将他在地面上发现的砖块补到墙上缺失的地方;而在墙的右侧,有一个据称"危险"的食人怪。但随着情节的进展,读者了解到,骑士的恐惧其实是毫无根据的。事实上,水开始在骑士所在的一侧上升时,正是食人怪越过墙壁,将骑士从洪水中拉出来,并将他安全地带到了自己所在的这一侧。

三、四年级的学生发现,在每个跨页中间出现的这堵墙,与美国总统所谈论到的美国南部边界的墙很相似。一些年纪较小的学生也产生了这样的联想,有的学生说:"骑士认为他所在的这一边比较安全,这是错误的,这和我们现在的固有成见有关。"并且出现"这个骑士是美国人"这样的意见。但大多数一、二年级的学生采取了更直接的方式。一个二年级的学生说:"他认为食人怪很凶狠,但食人怪拯救了骑士。"另一个学生注意到,文字总是出现在骑士所在的那一边:"就像这些文字贴在他身上一样。"

孩子们喜欢自己知道的比骑士知道的还要多,而且他们也欣赏由骑士毫无根据的恐惧这一信息而流露出来的幽默感。

这种幽默感的另一个例子来自乔恩·克拉森(Jon Klassen)的作品。他的书曾3次获得或被提名伊尔玛·布莱克奖。在他的第一部作品《我要把我的帽子找回来》中,孩子们遇到了一只丢失帽子的熊。这只熊询问各种各样的动物是否看到过他的帽子,包括那只兔子小偷——当熊问他:"你看到我的帽子了吗?"兔子的头上正戴着熊的帽子。

尽管这些对话没有引号,但六七岁的孩子都知道是谁在说话。我问他们是怎么知道的,有个孩子说:"这些字的颜色和狐狸的颜色是一样的。"翻到下一页时,另一个孩子补充说:"看!青蛙说的话和他的颜色是一样的。"现在所有的孩子都可以看到,每个角色说的话都是有"颜色编码"的,以便与说话者相匹配。

孩子们像那只熊一样,很快就意识到看到过那顶帽子。熊原路返回,和那只兔子(仍然戴着那顶可疑的帽

乔恩·克拉森
《我要把我的帽子找回来》
信谊 / 明天出版社

你看到我的帽子了吗?

没有。你为什么要问我?
我没看到过它。
我根本就没看到过什么帽子。
我不会去偷一顶帽子的。
不要再问我问题了。

好吧。那谢谢你啦。

麦克·巴内特，乔恩·克拉森
《穿毛衣的小镇》
接力出版社

子）面对面，一言不发，而这之后，兔子便从书中消失了。《我要把我的帽子找回来》这本书的魅力就在于，孩子们可以看到他们想要看到的东西。一些孩子认为熊把兔子吃了或杀了，另一些孩子则认为兔子还活着。

在2012年的《号角书》西蒙斯座谈会上，西蒙斯学院的作家兼高级讲师梅根·兰伯特（Megan Lambert）做了关于阅读关联的发言，特别提到了那年"波士顿环球报－号角书奖"图画书类获奖作品——由麦克·巴内特（Mac Barnett）创作、乔恩·克拉森绘图的《穿毛衣的小镇》。她详尽地描述了一件事：她的孩子坚定地相信《我要把我的帽子找回来》里的兔子最终幸免于难。兰伯特解释说，当她给她的孩子读《穿毛衣的小镇》，看到书里的女孩为小镇的居民们（包括人类和非人类）织毛衣时，她的女儿注意到了一只穿着毛衣的兔子，于是指着它对兰伯特说："看见了吗？兔子平安无事。"当兰伯特在一个关于克拉森获奖作品的小组座谈会上见到作者本人，向他提到《我要把我的帽子找回来》里的熊和兔子是否出现在《穿毛衣的小镇》里时，克拉森回答说："事实上，我只是不想画太多不同造型的动物而已。"不管克拉森的意图为何，孩子对于自己在书里发现的证据感到很满意。

文学作品可以帮助孩子们看到他们需要看到的东西，以肯定他们对人生的想象。

在《这不是我的帽子》中，作者乔恩·克拉森将受害者的困境（《我要把我的帽子找回来》里的熊）转变为小偷的困境——一条小鱼偷走了大鱼的帽子。就像《我要把我的帽子找回来》一样，在故事的讲述者充分了解事实之前，克拉森就让读者掌握了真实的情况。在这本书里，小鱼自以为可以拿着帽子逃之夭夭（"就算他醒了，可能也不会发现帽子不见了。"小鱼说这话的时候，之前那条睡觉的大鱼此刻已睁大了眼睛，发现他的脑袋光秃秃的），但孩子们对此有不同的理解。在某个地方，一只螃蟹看到戴着帽子的小鱼从面前游过——"已经有人看到我啦。不过，他说他不会告诉任何人我去哪里了。"当扑克脸的螃蟹正盯着书外的读者看时，文字展示了小偷在幕后所说的这段话。

在下一个展开的页面中，半闭着眼睛的大鱼游近了，螃蟹的一只钳子正指向小鱼游过去的方向，而文字却显示："所以，我一点儿也不担心。"这个特殊的跨页引起了儿童之间激烈的讨论。"螃蟹很坏。"一个孩子说。"不，他不坏。他只是不想被大鱼吃掉。"另一个孩子说，"他想要活下去。"（注意：小鱼并没有一个好的结局。）一场对道德选择的讨论由此展开，且孩子们的讨论常常会带入他们自己在生活中不得不做出的类似选择。

当我为孩子们大声朗读莉兹·王（Liz Wong）的《嘎嘎》（Quackers）时，这种现实与故事相融合的情况同样显现了出来——孩子们将他们在日常生活中的所思所想投射到图画书中。银

乔恩·克拉森
《这不是我的帽子》
信谊／明天出版社

行街的教师们也会根据某些社会事件，通过适当的方式来对各种议题展开讨论，如"同意"这个概念。

这本书里的主角嘎嘎是一只生活在鸭子群中的猫。即使嘎嘎与鸭子们经常发生沟通障碍，他也不太关心自己是否有晚餐（鼻涕虫、蜗牛、蠕虫等）的选择权、不喜欢弄湿自己的身体，但他仍然认为自己就是一只鸭子。直到有一天，嘎嘎遇到了一只名叫咪咪的"奇怪的鸭子"，他会说"喵"，也能听懂嘎嘎说的话。为了向嘎嘎表明他的真实身份，咪咪说："你最好跟我一起来。"然后，他便带着嘎嘎离开了池塘。

这时，在听我讲故事的孩子们当中，有一个5岁的孩子对我说："如果嘎嘎不想跟咪咪走，他可以不去。"我意识到，这个孩子联系到了她在课堂中展开过的某些讨论：如果有人提议或是做了某件她不想做或不允许做的事，她有权利选择说"不"。我问班里的孩子们是否都认可这个孩子的发言——如果嘎嘎不想跟咪咪走，那么嘎嘎就可以不去。他们都点了点头。然后，我们将这个故事继续讲了下去。

孩子们将自己的经历代入作者的叙述中，使这次故事阅读成为一项对我们所有人来说都更丰富的经验。我从孩子们身上学到的一直是——最好的书籍会为这些个人关联保留空间；反过来，作为教师和图书馆员，我们也应该为孩子们展开对话提供空间。

孩子们还教会我如何去欣赏《山姆和大卫去挖洞》。书里的两个主角带着一只狗开始挖洞，他们不停地挖，想要找到"了不起的东西"。那只狗一直在示意宝藏（埋在泥土里的各种钻石）的位置，但是山姆和大卫始终在它周围挖来挖去——孩子们听到这里一直哈哈大笑——直到最后，山姆和大卫从地道里掉了下去，"落到了软软的泥地上"，然而……他们究竟在哪里呢？

对于我这个成年人来说，结局毫无逻辑可言。可当我和孩子们一起阅读时，发现他们完全不受这件事的影响，他们在意的是，狗狗总是知道"了不起的东西"在哪里。每当山姆和大卫挖到"错误的方向"时，他们都会大叫起来。在故事的最后，孩子们提出了一连串不同的猜想，对山姆和大卫（以及那只狗）是如何从这里去到那里给出了丰富的解释。

有个孩子注意到，开头对应苹果树的红色环衬页，与末尾对应梨树的绿色环衬页形成了鲜明的对比。"这是宇宙的另一边。"一个孩子说。"他们已经降落在中国了。"另一个孩子说。孩子们反馈出来的想法是与我自己完全不同的阅读体验。就像山姆和大卫一样，我一直在寻找一个特别的宝藏，而孩子们告诉我，我们降落的地方就"非常了不起"。他们几乎总是能够引导我进一步欣赏故事，我所得到的收获甚至比我自己刚开始阅读时还要多。❖

麦克·巴内特，乔恩·克拉森
《山姆和大卫去挖洞》
信谊 / 明天出版社

以《萝卜回来了》为例
看中外图画书叙事

文／王志庚

方轶群，严个凡
1955年4月《萝卜回来了》首版
少年儿童出版社

方轶群，严折西
1962年《萝卜回来了》重画本
少年儿童出版社

方轶群，陈永镇
1981年《萝卜回来了》重画本
少年儿童出版社

《萝卜回来了》是我国著名儿童文学作家、编辑方轶群先生创作的一则童话故事，故事原型是发生在抗美援朝时期上甘岭战役（1952年）前线阵地上的一个真实故事。这个故事于1955年4月以图画书的形式出版，在国内外先后出版了四十多种重画本、改编本和翻译本。由于各国在经济、文化、科技、教育等方面的差异，可以发现这些图画书从内容到形式都存在着较大的差异。本文将从几个方面对《萝卜回来了》的主要版本进行对比分析，一窥中外图画书的叙事差异。

《萝卜回来了》讲述的是小白兔、小驴、小羊、小鹿在下雪天接续赠送萝卜的故事，文字精练，富于韵律，情节简短，采用幼儿所喜爱的重复性循环叙事结构，表达了友爱的主题。方轶群曾表示，编写这篇童话是希望提倡"人与人之间要处处为他人着想"这一主题。

首版的画家是严个凡，而方轶群先生除作者身份之外，还担任设计。这本书在第二次"全国少年儿童文艺创作评奖"中获得一等奖，并被选入多家幼儿园教材和小学课本。1959年，上海美术电影制片厂制作了同名动画片，并于次年获得第12届卡罗维发利国际电影节动画片荣誉奖。

除严个凡版本外，国内主要版本还有1962年的严折西版和1981年的陈永镇版。严折西版和陈永镇版分别在2013年和2010年再版重印。法国、德国、日本、西班牙、美国等都有改编本。在国外版本中，只有日本版的文字作者署名为"方轶群"。

如果要对《萝卜回来了》国外最早改编本追根溯源的话，应该是1959年由法国弗拉马里翁出版社出版的名为《好朋友》的图画书。这本书虽然变更了书名，但故事框架、人物设定、画面设计等均与严个凡版有明显的承袭关系。此版后来又分别被日本和中国引进。

国外第二个颇具代表性的版本是日本1965年出版的《萝卜回来了》（日文原书名为《好朋友》），文字作者署名"方轶群"，绘图者是村山知义（Tomoyoshi Murayama），由被称为"日本图画书之父"的松居直（Tadashi Matsui）担任责编。该版本的绘画多处参照了法国版，但在人物设置、文字表述、动物捡到的食物等方面则回归中文原版。这一版本又先后被韩国、中国台湾地区和大陆翻译出版。

国外第三个颇具代表性的版本是美国哈考特出版社于2007年出版的《兔子的礼物》，该书作者声明改编自德国版，在绘画上则突出了多元文化的属性。

国内出版的三个版本，从画家来看，是新中国图画书创作者中的两代极具代表性的画家；从历史分期来看，他们代表了我国图画书发展的两个重要时期，即新中国十七年和改革开放后的创作高峰期；而法国版、日文版和美国版，也代表不同时期各国图画书创作出版的理念和水平。

图画书是由图画和文字共同完成叙事的，一本图画书是由文字作者、图画作者和编辑共同完成的。在一个故事"输出"的过程中，由于国别、民俗、习惯、认知、文化差异等因素的作用，会导致同一个故事的不同版本在叙事方面的差异。下面就从文本叙事、图画叙事、图画书设计等维度来阐述不同版本的差异。

书名和叙事者的变化

书名是故事的主旨所在，是图画书之眼，体现了创作者对故事内核的设定。故事原本的名称是《萝卜回来了》，这是事实性描述，也是小白兔醒来后的自言自语，具有较好的儿童性。因此，绝大多数国内版沿用这个书名，只有1979年人民美术出版社出版的书名为《萝卜回家了》。而国外版大都对书名进行了调整，如《好朋友》《小兔子和大萝卜》《兔子的礼物》《雪天的礼物》等，但日本版的中文译本书名又改为《萝卜回来了》。由此可以看出，国外的改编者更倾向于在书名中反映故事的主旨，即"友谊"和"礼物"，这是一种带有成人视角的改编，也是民间传说和寓言故事在传播过程中强调教育性的结果。

故事是以第三人称叙事，即与故事无关的旁观者立场。多数版本考虑到幼儿读者的阅读体验，加入了小白兔等角色的心理白白和自言自语。而法国版的文字叙述中加入了一个"朗读者"的视角，并以提问式的"对话体"进行展开，这样的文字叙述更适合亲子共读，可以增加家长与孩子的互动，让幼儿根据文字指示和家长的朗读去图画中寻找，进而促进幼儿的语言理解和表达。这是法国版的特点，可见作者对儿童读者的关注。

动物角色

故事中的动物角色分别是小白兔、小驴、小羊和小鹿，严个凡版严格按照文字配图，图画中没有其他更多的动物角色。但其后的各种版本，无论文字还是图画，都在不同程度上对动物角色进行了顺序调整、置换或增加。其中1959年的动画片是最早对动物角色进行调整的，将小驴和小羊改成了小熊和小猴。严折西版和陈永镇版沿用了电影版的角色设定，仅对四个动物的出场顺序进行了调整。法国版不仅将小白兔改成了小灰兔，还将小驴和小鹿分别改成了小马和狍子。日本版、德国版和美国版则完全按照方轶群原稿的角色设定，没有进行任何角色修改和顺序调整。我们可以发现，在文字表述方面，任何动物角色的调整基本上都没有对主线叙事造成影响。在图画方面，陈永镇版的图画中增加了三只小鸟，不过小鸟没有参与叙事。只有美国版特殊，在图画中增加了一只黄色小鸟，这只鸟在文字叙述中没有提到，但它不仅参与到叙事之中，而且还为故事赋予了新的意义。

捡到的食物

从儿童认知角度来看，书中出现的物品需要贴近儿童生活，方便儿童理解和辨识。按照出场顺序，原文里的动物是小白兔、小驴、小羊和小鹿，它们找到的食物分别是大萝卜、白薯、白菜和青菜。由于不同地区儿童的常见食物不同，每个动物爱吃的食物也不同，所以各个改编版在对动物角色进行调整的基础上，也对它们捡到的食物进行了调整，以增加儿童的亲近感，这也反映出不同作者对儿童心理的把握，以及不同国别的文化差异。比如严折西版的动物捡到的食物分别是大萝卜、花生、青菜和白薯；陈永镇版的动物捡到的分别是大萝卜、花生、青菜和红薯；法国版捡到的食物分别是胡萝卜、大萝卜、卷心菜和青草；美国版捡到的分别是大萝卜、土

1959年法国改编本
书名《好朋友》，弗拉马里翁出版社
（承袭严个凡版，版权再输出：日本、中国）

法国版的日文译本

法国版的中文译本

法国版的英文译本

日本版《萝卜回来了》中文译本内页

方轶群，村山知义
日本版《萝卜回来了》中文译本封面

1955年中文首版内页

豆、卷心菜和胡萝卜；而日本版的小白兔捡到的是白萝卜，而非胡萝卜。

萝卜的品种

萝卜作为一种可食用的根茎类植物，不同产地品种不同。在这个故事中，作为重要元素的萝卜，如何来界定其品种，如何来呈现其颜色、形状等样貌，也是一个叙事的关键点。对世界各国儿童来讲，小白兔和胡萝卜有着极强的关联，但方轶群原文里描述的是萝卜，所以国内的三个画家全部画成了红色的大萝卜，而法国版则改成了胡萝卜，日本版改为了白萝卜，美国版则是紫萝卜。在不同的国家和文化背景里，萝卜与儿童的关系是不同的，画家需要呈现本国儿童易于接受和喜欢的萝卜类型。据在日本福音馆工作多年的资深编辑唐亚明先生解释说，日本版之所以改为白萝卜，原因有二：一是日本没有红萝卜，二是尽管胡萝卜有营养，但几乎所有的日本孩子都不喜欢吃胡萝卜。

是否吃及如何吃？

所有的孩子都喜欢吃零食，按照正常的儿童心理，食物到手即会吃掉，很少保留或与他人分享。而图画书作者的教育观和儿童观的差异，造成故事中动物捡到食物后的行为也有所差异。严个凡版的小白兔捡到萝卜后的行为是"吃掉一个，留下一个"，并想到与朋友分享，其他动物捡到食物后则不同，不是先吃掉，而是"快快活活地回家来"；法国版的小灰兔捡到萝卜后的行为是"吃了一个"，并想到与朋友分享，其他动物捡到食物后的行为是先吃掉，再回到家里；日本版的小兔子捡到萝卜后的行为是"吃掉了小萝卜，留下了大萝卜"，并想到与朋友分享，其他动物捡到食物后则不同，不是先吃掉，而是"带着食物回家了"。这些动物们对待食物的行为，反映的不仅是儿童的心理，也与创作者所秉持的教育观和儿童观相关。早期版本的图画书中，小兔子都是吃掉一个，留下一个，这体现了作者对儿童心理的把握和尊重。严折西版本的小兔子在捡到食物之前，就想到了与朋友分享，这体现了作者强烈的主题意识，也是20世纪60年代我国社会强调集体主义的体现。

收者是否知道谁是送者？

萝卜在朋友间传递是这个故事的核心结构，方轶群的原文设定为萝卜的送者和收者是未曾见面的，所以图画书中的收者是否知道、是否想知道、如何知道送者是谁，就是一个关键的情节。在大多数版本中，送者和收者是不见面的，收者也不会思考送者是谁，而且所有的收者都不知道送者是谁，这种"不知"的设计增加了故事的神秘感，但作为全知视角的读者是知道的，这会给儿童读者带来阅读的满足感。只有在严折西版中，所有收者都能想到是好朋友送的，但没有明确具体是谁。而法国版是个例外，无论文字表述，还是画面呈现，都表明了萝卜的收者是通过脚印或皮毛猜想到谁是送者的。这一改编的可取之处在于，可以让小读者去寻找和发现隐藏于图画中的线索。不过，如果在文字表述中不说出送者的名字，仅在图画中呈现出来，那将更具童趣。

送者是否入室？

送者在送萝卜的过程中，收者是不在家的，那么送者是否进入到收者的家中，将萝卜安放到什么地方，就是一个关键的情节。比如，在严个凡版中，尽管文字表示"把萝卜留在那里"，但图画显示送者是进入到收者的屋中，放置点是桌子或椅子上；而严折西版的设计则很多元，有的送者进入到房间，把萝卜放在桌子上或床边，有的送者没有进入房间，把萝卜放在了窗台或门口；陈永镇版、日本版和法国版中的送者也都进入到收者的家中，只有美国版例外，送者全部把萝卜放在门外。

家属于私密空间，是否在没有获得准许的情况下进入别人的房间，这体现出作者的社会规范意识，也显示出东西方的文化差异。作者无意识或有意识地处理这个问题的态度和方式，是一个值得探讨的问题。

收者的言语和心理

由于收者没有见到送者，那么收者在第一时间发现萝卜的反应就很关键，这体现出作者对儿童心理的把握。大多数版本的文字都是重复性的表达，其中三个国内版本及日本版的动物们会自问："这是从哪里来的？"关键词是"来源"；法国版的收者会自问："是谁给我的？"关键词是"送者"；而美国版在这一点

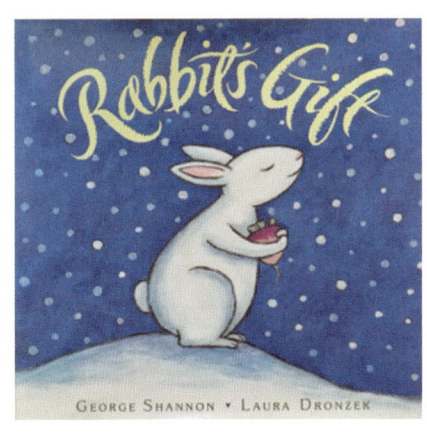

2007年美国版《兔子的礼物》
哈考特出版社
（作者声明改编自德国版）

2007年美国版《兔子的礼物》内页

法国版的中译本内页

2010年《萝卜回来了》陈永镇绘图本再版
蒲公英童书馆／贵州人民出版社

1981年陈永镇绘图版《萝卜回来了》内页图

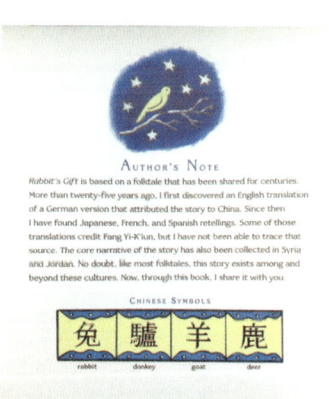

美国版《兔子的礼物》作者说明

上的文字表达不是重复式的，说法很多元，不同的动物自问的方式不同，包括"这是谁给我的一个惊喜？""这是谁丢的萝卜？""这是谁给我的礼物？"这种同一场景不同的文字表达，对于儿童的语言发展是有利的，不仅可以增加儿童读者的词汇量，也能丰富孩子们的语言表达。

角色之间是否相见？

在方轶群的原文中，所有动物是没有见面的，一切尽在不言中。这一点，三个国内版本和日本版保留了原文的设计，而在法国版中，最后的送者"狍子"在给小兔子送胡萝卜时，小兔子醒来了，他们是见了面的，但没有分吃胡萝卜。在这方面，美国版是个特例：在萝卜传递的过程中，收者都没有见到送者，但在故事的最后，小兔子邀请所有"收者"和"送者"动物们一起分享了那个萝卜，这是作者对故事主题的再次烘托，也是美国社区文化的体现。

视觉呈现的多元化

值得一提的是，大多数版本都是图文并叙，图画和文字讲述同一个场景和情节，但美国版在图画叙事方面很有创意，尽管文字中没有提及，但画家在文字之外特别加入了一只鸟，这只黄色的小鸟从扉页开始就参与到故事讲述中，让这个故事有了一条辅线。小鸟是整个故事的全知视角，是故事的全程见证者。这一设计可谓十分巧妙，为幼儿读者增加了不少阅读趣味。关于小鸟，其实在法国版和德国版的封底，以及陈永镇版的环衬和部分内页中也出现过，但它们的出现是偶然的，没有参与叙事。美国版的这只小鸟从何而来，我们不得而知，但它为故事赋予了新意。

封面是图画书的"脸庞"，是邀请儿童拿起书并翻开阅读的"邀请函"，封面是图画书设计的关键点。多数版本的封面图都是故事的某一情节，但是画家会重新绘制封面图，这是大多数画家的做法。法国版的封面是小兔子和小马在一起的画面，这个情节在故事里是不存在的。陈永镇版的封面是四个动物同时出现的画面，这在故事里是不可能的，这一点也许受到了动画片的影响。封面图是故事之外的情节，这容易给读者带来误解。

事件发生的时间也是故事的重要元素。在所有版本中，这个故事的时间都界定在冬天的一个下雪天，但并没有明确具体的时间，比如上午还是下午。只有美国版例外，它通过太阳、月亮和星星，还有天空颜色的变化，表明了故事发生过程的时间变化，足见画家的用心。不明确事件的具体时间不影响故事的讲述，但时间变化暗示出故事的推进，并给读者带来亲临现场的体验。

图画书是文化的载体，对儿童读者有潜移默化的文化熏陶功能。尽管三个国内版本的出版年代不同，但都反映出浓重的中国文化元素和时代气息，特别体现在动物们的衣装和房间陈设上。从法国版开始，大多数外国版都明确注明了故事的来源是中国，但画面中的中国文化味道并不浓厚。不过有一点需要说明，美国版直接将其定位为一部"多元文化图画书"，画家在画面中使用了汉字作为异域文化的代表符号，以让美国儿童认知中国的汉字文化，这是对图画书功能的拓展。

装帧设计

图画书主要靠文字和图画完成叙事，但图画书的物理特征也可以参与叙事，比如开本、形状、版式、装帧形式、附页等，这些都属于图画书设计的范畴，影响到故事的情感传递和读者的阅读体验。

图画书的书型要适合故事讲述。书型分竖版、方版和横版，由于故事发展的需要，一般来讲，方版和横版更适合动线明确的故事讲述。对比这六个版本，早期的版本多为竖版，中后期的版本多为方版和横版，方版和横版更容易形成故事发展的动态推进效果。

图画书的开本不仅影响到文字和画面呈现，也影响儿童的阅读。上述六个版本的开本是按照年代逐渐变大的，严个凡版最小，美国版最大。这从一个侧面反映出图画书出版理念的成熟。

图画书的装帧形式影响到儿童的阅读体验。从世界范围来看，二十世纪九十年代以前的图画书大都采用简装形式出版，之后大都采用精装出版。这六个版本中，前五种的首刷都是简装，只有美国版的首刷是精装，而早期版本的重印版和翻译版大都采用精装版印制了，这是符合出版潮流的做法。

结语

《萝卜回来了》可谓我国最具代表性的幼儿文学作品之一，它之所以能够在世界范围内多次被改编重画，笔者认为其原因有三：一是普世的主题，二是线性的结构，三是重复的节奏。同一个故事改编成的图画书给读者带来不同的阅读体验，其中起决定作用的不是文字，而是图画和设计，这便是图画书的特别之处。

中国图画叙事的传统可谓悠久，带插图的启蒙书出版也早于西方，随着西方儿童文学作品的译介出版，中国不仅诞生了本土的儿童文学，还诞生了现代

1962年严折西绘图版内页图

意义上的图画书，但在多种原因的作用下，我国的图画书始终没有走出"以文为主，以图为辅，图文并叙"的藩篱，这从《萝卜回来了》的版本比较中可见一斑。❖

2002年西班牙版

1987年德国版的英文译本

1989年德国版的英文译本

写作与生活

——夏洛特·佐罗托的女儿追忆母亲最后的时光

文／克莱森特·德拉格沃根
译／常妮

[人物志]

夏洛特·佐罗托，加思·威廉斯
《一遍又一遍》
奇想国童书／浙江少年儿童出版社

从前有一个小女孩，她不太理解有关时间的概念。

我已故的母亲夏洛特·佐罗托以这样一种看似简单的文字开始创作《一遍又一遍》，这是她为小读者写的70本童书之一。这本书于1957年在美国首次出版，自那以后一直再版，并在其他许多国家出版，包括中国。

夏洛特于2013年11月辞世，时年98岁，我那年61岁。她去世前的最后四年，我一直陪伴在她身边。在那段时间里，我总是很自然地想到她的生活、我的生活、她的写作、我的写作，想起流逝的时光和周而复始的循环。

很久以前，夏洛特就请我做她的遗稿执行人，我经常想到《一遍又一遍》这本书，尤其在她去世前的最后几年。我在这本书中找到了安慰、平衡和灵感。夏洛特在42岁时创作了这部作品，那时我才4岁。作为一名年轻的母亲，她总是无微不至地照顾着我。我最早的记忆之一便是她大声朗读这本书给我听。记忆中，我特别仔细地欣赏了加思·威廉斯绘制的那张绝妙的插图，画中一个红头发的小女孩正低头往南瓜里看，烛光照亮了她的脸庞。

《一遍又一遍》中的主人公是一个未提及名字的小女孩，还不懂时间的概念。对她来说，每天、每周和每月几乎没有区别。她的记忆中有某种意识，可她却不太能理解那是什么。也就是说，她确实有一些碎片化的记忆，但她无法按照时间的顺序把它们联系起来。那些移动的、毫无关联的、隐约记得的"碎片"，以一种似曾相识的梦幻般的方式存在着，令人着迷、不可思议而又令她困惑不已。"她还太小，不明白周一、周二、周三、周四、周五、周六和周日。"夏洛特写道，"当然，她也不明白一月、二月、三月、四月、五月、六月、七月、八月、九月、十月、十一月和十二月。她太小了，甚至都不明白夏天、冬天、秋天和春天。"夏洛特细心地把这些时间点一一列举出来，以免有些小读者也会遇到和小女孩一样的困扰。"她记得以前有一朵番红花，可是她不记得是什么时候的了。"夏洛特继续写着，"她记得雪人和南瓜，还有圣诞树、生日蛋糕、感恩节晚餐和情人节礼物，可在她的头脑里，它们都混在一起了。"

有一天早晨，当小女孩醒来，看到窗户外面飘落的雪花时，她的激动之情显而易见，至少在她的妈妈看来是这样。妈妈温柔而耐心地对她解释着"冬天"，尽管小女孩认真地听着，但她还是提出了一个问题："接下来是什么日子呢？"就这样，小女孩和妈妈经历了一年当中每个自然流转的季节、各具特色的假日、千变万化的天气，特别提及了随着春天而来的复活节兔子、有趣而难忘的海边暑假，还有在万圣节那天登门造访的"幽灵、巫婆、老虎、流浪汉和魔鬼"。每一次，当小女孩的亲身经历给予她足够的解释后,她都要再问妈妈:"接下来是什么呢?"如此,这本书在一整年的时间齿轮上滚动了一圈。

研究儿童文学的人可能会将《一遍又一遍》描述成一本概念书,因为它呈现的是时间流逝的概念——生命的周期,一天又一天,一周又一周,一月又一月,加起来就是一年,循环往复。但是,这种归类无法捕获到《一遍又一遍》这本书的本质。《一遍又一遍》的核心在于,夏洛特总有办法将看似对立的东西融为一体:日常与惊奇相交——凡事按部就班、依律循环的安然中,掺杂来来去去的大小奇迹所激发的兴奋感,这些都既在意料之中又在意料之外。《一遍又一遍》向小读者(包括给还不能独立阅读的小读者朗读的成年读者)传递了一种生命力——一种矛盾的活力,它不可思议地做到了兼顾精神与世俗。在《一遍又一遍》中,夏洛特用时节变换表达了一个观念:即便永恒,也处在交替变化与流动之中。我认为,它在这一点上表现得非常精妙。

夏洛特在《风到哪里去了》一书中,也为年龄稍大一点儿的孩子传达了类似的观念。若是仔细观察,你会发现,几乎她所有的书都在以不同的形式对这种观念予以回应。比如《暴风雨中的孩子》这本书,一个闷热难耐的寻常夏日被一场极其强烈的暴风雨打断了,一位妈妈和她年幼的儿子待在安全舒适的房子里,观赏了这场突变的降临。当暴风雨过后,世界焕然一新,天边还短暂地挂起了象征胜利的彩虹。我们再次领会到,变化是永恒存在的。即便最剧烈的天气变化,也只是某种循环的一部分,是自然发生的。

而亲子之爱的功用,就不止于字面意义,更是一种隐喻的庇护所,保护我们避开人生风雨。

在《威廉的洋娃娃》中,小威廉的故事证实了,爱的教育可以世代传递。威廉想要一个洋娃娃,只有他的奶奶理解他的想法,买了一个洋娃娃送给他。当爸爸对此提出质疑的时候,奶奶的理由是:"当他像你一样,成为爸爸的时候,就会知道,怎么照顾他的孩子——喂养他,疼爱他,送给他真正想要的东西,比如一个洋娃娃。这样他就可以练习去做个好爸爸。"

在夏洛特生命的最后几年,尽管我们一直在与衰老所带来的身体限制、

夏洛特·佐罗托,加思·威廉斯
《一遍又一遍》
奇想国童书/浙江少年儿童出版社

1977年10月20日,在女儿的婚礼上,夏洛特抚摸着女儿的脸。

当夏洛特快要 100 岁的时候，每次和她待在一起，我总能在不经意间注意到，她在对时间的理解上与《一遍又一遍》里的那个小女孩处于相似的节点。书里的小女孩即将离开婴孩时代——这段不受时间影响的生命初始时光，然后步入童年，并最终到达受时间制约的成年时期。夏洛特和所有长寿的人一样，正在回归一个不受时间约束的状态。在她漫长而有趣的一生中，她所看到的、做过的和经历过的一切，正如她在《一遍又一遍》中写到的那样——"都在她脑中混成一片。"她好似在梦中一样，有时候，那些她记得或隐约记得的人、事物和想法，会从她的脑海深处浮现出来；有时候，她会把突然记起的事情与我或其他看护人交谈，但所交谈的内容通常都没有来龙去脉；还有时候，她会记起一些人，甚至同他们说一会儿话，可她并没有意识到，其实那些人已离世很久了。然而，当她得知这些人实际上已经不在人世时，她似乎并没有感到惊讶或不安，而是若有所思。"哦，

夏洛特·佐罗托，
威廉·佩纳·迪布瓦
《威廉的洋娃娃》
奇想国童书 / 浙江少年儿童出版社

生活困难，以及生命即将结束的悲伤做斗争，但从某种程度来说，那是我们共同生活的日子里最亲密、最包容、最快乐的时光。那段时间，《一遍又一遍》这本书对于我，既令人感到苦乐参半，又让人倍觉安慰。在我看来，这本书的意义和文字恰如死亡与新生的轮回一样经久不衰。我和夏洛特正在进行人类最伟大的旅行之一，并不仅仅是年复一年的循环往复，而是从生命的开始、发展到结束这一伟大的循环。

2011 年，96 岁的夏洛特和女儿以及朋友一起庆祝感恩节。

我都忘了。"她神情忧郁，但并无悲伤之态。万圣节那天，当"不给糖就捣蛋"的孩子们来到家门口时，她非常高兴，似乎又清楚地知道发生了什么事。这种状态一直持续到她去世前的最后一年。

与书中的小女孩不同的是，夏洛特在这个阶段没有问："接下来是什么呢？"在我看来，这对她而言似乎不再是一个重要的问题，至少在那个阶段不重要。于是我在想，这可能就是人们在不同时期会呈现出来的两种不同状态：懵懂年幼与垂垂老矣。

她去世前的最后一年，有一天深夜，我坐在她床前与她聊天，这件事对我来说很重要。随着夏洛特日渐衰老，类似的这种交流越来越少，但偶尔也会发生，直到她去世前的最后一周。而且，我从来不知道像这样的交流会不会是最后一次，因为夏洛特有时根本不说话。记得那天时间已经很晚了，我们的谈话漫长而不着边际。她的牙齿掉了很多，因此说起话来又轻又慢。为了听清楚她说的话，我不得不靠她更近一些，全神贯注地听着。她极其紧张地直视着我，说出的话有些突然："我已经拥有了所有的日子，而且它们都非常美好，我希望你也能同样拥有。"我吃了一惊，说："夏洛特，你刚刚是说……"我把她的话重复了一遍。她点了点头。

"等一下！"我说，"我得写下来。"她笑了。在某种程度上，她仍然明白，人们总是想拿笔记下有意义的事。

我抓起手边最近的一张纸，把她说的话写下来，边写边又大声地重复了一遍："我……已经……"写完后，我问她："对吗？"

"没错！"她说。

我曾经想过，为什么她从不为"接下来是什么"而困扰，大约是因为她清楚地知道，她的"接下来"不再是尘世，也将不再有形而可感，无论怎么样，它终究会到来。与此同时，她知道她将要离开的是一个认识她、爱她、看得到她的人，而这个人，将会按照她的建议，在体验"所有的日子"时，会"同样拥有"，或者多多少少会"同样拥有"。

作为一名才华横溢而又富有洞察力的作家，夏洛特是一位要求严格的完美主义者，她常常保持着高度紧张的状态，有着强烈的紧迫感。她并不总是像读者从她的书中所感受到的那样，是一位温柔而敏感的母亲——当然，她的作品无疑是温柔而敏感的。小

夏洛特·佐罗托，加思·威廉斯
《一遍又一遍》
奇想国童书／浙江少年儿童出版社

夏洛特·佐罗托,加思·威廉斯
《一遍又一遍》
奇想国童书 / 浙江少年儿童出版社

1985年,夏洛特在纽约的家门外。

时候的夏洛特是一个既孤单又体弱多病的女孩,由于脊柱侧弯,童年时期的她有长达两年的时间都要穿着背带,而且她还戴着一副厚厚的眼镜。不过后来,她渐渐出落成一位优雅的美人,尽管她直到60岁的时候才意识到这一点。她和我的父亲,商业传记作家莫里斯·佐罗托(Maurice Zolotow),有过一段充满激情却很艰难的婚姻,他们最终在1969年离婚。然而,直到1991年我父亲去世之前,他们都保持着友好的关系。至于她的孩子们,长大以后,他们也像所有孩子一样离开了家。夏洛特的儿子,我的哥哥史蒂夫,后来成了一名职业扑克玩家。而我深受父母的影响,走上了文学道路。

几年前,我和史蒂夫坐在律师的办公室里讨论夏洛特作品的版税。"她的一些书,"我那对金融业非常精通的哥哥说,"像《兔子先生和美好的礼物》这本书,销量一直不错。你们是怎么称呼这些书的?"我困惑地看着他,回答说:"在这个行业里,我们称之为'经典'。"我哥哥和律师听后都不禁微微一笑。

经典,顾名思义,经久不衰。尽管夏洛特已经离开了这个世界,但她的书拥有经久不衰的魅力。

记得在《一遍又一遍》中,小女孩踏入时间之河的节点是在冬天,她和妈妈谈论的第一件事是雪,第一个节日是圣诞节。小女孩和妈妈在时间的长河里继续畅游,度过了情人节、复活节、万圣节,经历了春天、夏天、秋天。终于,在过完感恩节后,小女孩心中似乎充满了这一年来所发生的奇迹,她又问妈妈:"接下来,还会有什么吗?"

"哦,是啊,"妈妈说,"接下来是一个特殊的日子——你的生日!"

我母亲的生日是在六月。她最后一个生日那天,在派对开场时,她打了个盹儿。醒来后,她问我:"我错过什么了吗?"她的意思可能是,她在半睡半醒间,听到了人们走来走去、吃东西、开瓶盖的声音,还有此起彼伏的笑声和谈话声。但是当我准备回答她时,我选择了一个不同的语境。"哦,夏洛特,"我说,"今天是你97岁的生日,我们在你的门廊上举办派对,让我想想……你写过很多很多本书,你还帮助了很多人去从事他们的创作,你也读了无数本书;你结过婚,有两个孩子,有一个爱人……你还有一个花园;你周游过美国,还去过好几次欧洲;你是一个部门的主管;你参观过很棒的博物馆;你以前养过一只叫克里奥的狮子狗,现在你有一只猫叫风滚草;你吃过中国菜、法国菜、意大利菜和印度菜,而今天,你吃的是非洲菜和牙买加菜……我不觉得你错过了什么呀!"

当我开始念叨这些的时候,夏洛特笑了;随着我继续往下说,她的笑容也越来越明显;后来,她开怀大笑起来;当我说完后,她开心地说:"真好!"然后,我们拿出蛋糕,她在大家的帮助下吹灭了蜡烛。《一遍又一遍》里的小女孩吹灭蜡烛时许下了一个愿望,她说:"我希望所有这一切,都会重来一遍。"夏洛特在书里是这样写的:"当然,周而复始,一年又一年,一切都会再次出现。"

《一遍又一遍》的故事就此结束,但我相信这本书会永远流传,就像所有的经典那样,而夏洛特自己却无法也不愿长活于世。她去世的时候,我非常悲痛,但同时也觉得让她离开也许更好,因为我们在一起的最后几年时光,已经足够令我惊喜。我们经历过一段虽然亲密却也冲突不断的关系,对我来说,那段时间真的是一份很棒的礼物。

当亲人去世时,一个生命结束,另一个生命也将被永久地改变。曾经拥有过的已不复存在,不可能"再次出现"。然而,夏洛特留给我的,不仅有她的作品和她所枚举的"周而复始",还有她赋予我的美好使命:生活和写作——拥有那么多美好的日子,创作那么多精彩的故事,我也要这么做。

我想说的是,我从来没有忘记过这一点,我会永远铭记在心。我现在已经66岁了,也许有一天,我脑海里的事情很可能也会"混在一起"——我知道这很有可能。那时候,时间对我来说也会变得弯弯扭扭,呈现出与现在不同的形状。但我仍然保存着那张纸条,上面写着她给我的指引。我把这张纸条珍藏在钱包里,将她的指引记在心里。没有人知道自己能活多长时间,但我要努力让自己享受每一天。❖

夏洛特·佐罗托,加思·威廉斯
《一遍又一遍》
奇想国童书 / 浙江少年儿童出版社

世纪争论：教还是不教？
——美国图画书中的说教主义

文／玛利亚·拉索
译／程诺

在过去的半个世纪里，美国童书评论界持续盛行着一种颇具影响力的看法——对于图画书或幼儿读物来说，"说教"（讲道理）非常糟糕。立志为幼童创作的作家经常收到这样的建议："要避免道德说教。"正如一本书在世界各地出版发行后被儿童阅读和使用时，"过于道德说教"也是常见的批评声音之一。这些评论者认为，如果有必要的话，一本图画书可以教给儿童一些事情，但不要太过于明显，而且说教的内容必须融入故事当中，不能过于引人注目。凡是越过这条界线的书就有可能落入不受欢迎之列。

以最初创作于1962年的"博恩熊系列"为例，这套书是夫妻档组合斯坦利·博恩斯坦和珍妮丝·博恩斯坦（Stanley and Janice Berenstain）的作品。这个系列尽管受到了儿童读者的欢迎，却一直被成人评论家抨击。他们认为故事内容太过说教，而且还过于煽情。直到今天，这套书还会引发家长们的抱怨，因为他们的孩子痴迷于书中友善的棕熊一家，以及那些易于摆脱的小困境。令人惊讶的是，最初正是西奥多·盖索，也就是苏斯博士（Dr.Seuss）——一个从不会让童书中的训诫盖过纯粹乐趣的人——负责监督出版了这套以熊妈妈、熊爸爸、熊哥哥和熊妹妹的故事为内容的书。当时，盖索正担任自己一手创办的兰登书屋婴幼儿图书部门的编辑一职。他从博恩斯坦夫妇交给他的第一个故事中看到了希望，鼓励他们继续创作下去，将故事的语言加以简化，并让熊表现得更像"真实的人"。也许是明确地预感到这个规划中的书系未来大有潜力，据说他甚至在没有征求博恩斯坦夫妇意见的情况下，就将他们的名字简化成了更朗朗上口且押韵好记的"斯坦和简"（Stan and Jan）。

该系列丛书中的《找蜂蜜》一书出版于1962年，在其后的几十年间，博恩斯坦夫妇创作出了大量有关棕熊一家各种日常活动的故事——上学、看牙医、逛超市等。在这些故事中，小家伙们总是做出某些不良行为，而熊爸爸——更常见的是熊妈妈——会立刻纠正他们的行为，最后大家都汲取了教训。

然而，随着"博恩熊系列"的流行——迄今为止，这套书的全球销量已超过2.6亿册——人们对故事中所蕴含的说教内容的抱怨却从未停止。有一篇博客文章颇具代表性，它是一位

斯坦·博恩斯坦，简·博恩斯坦
《找蜂蜜》
爱心树童书／新星出版社

名叫特蕾西·波夫（Tracy Poff）的读者对《健康饮食》一书的评价："这本书真是纯粹的说教——故事被压缩到了极致，没有一点儿悬念，喜剧成分也少得可怜，确实不是很有趣。我承认，我也不太清楚如何才能把一个宣扬健康饮食益处的故事讲得有意思，但我觉得这是完全可以做到的。"

正如另一位读者对《诚实可贵》一书的评价一样："整个故事的存在就是为了把道德教育挂在上面，所以并不怎么精彩。"

一些专业评论家甚至表现得更为尖刻，比如，《华盛顿邮报》的专栏作家查尔斯·克劳特哈默（Charles Krauthammer）专门开辟了一档题为"溺死博恩熊"的专栏，借此猛烈地抨击书中的说教主义，并表达了育儿应是长期的行为修正过程的教育观：

想想看著名的《礼貌待人》这本书，书中的熊妈妈受够了粗鲁的举止，因而制定了一套新的家庭行为准则。针对那些胆敢违规的家庭成员，每一条戒律都附有相应的惩罚措施（洗碗、扔垃圾、拍干净两块地毯等）。熊爸爸闷闷不乐地默许了熊妈妈的权威。但事实证明他积习难改，甚至在孩子们改过自新很久之后，他还依然保持着邋遢、怯懦的行为方式。在这本书里，他大部分时间都在屋子里到处擦擦抹抹，以弥补自己的愚行。熊妈妈这个人物也很典型，每个成年人都会认出她就是小学时期的那种孩子——总是坐得笔直，有着一手无可挑剔的工整的字迹。

"博恩熊系列"的流行似乎总是一个亟待解决的问题——评论家们一遍又一遍地追问：孩子们怎么能真的欣赏这种东西呢？甚至在2005年斯坦·博恩斯坦去世时，刊登在《华盛顿邮报》上的讣告还在对他的书进行抨击，意指它们代表着某些应该从童书中被剔除出去的东西：

在"博恩熊系列"广受欢迎的现象中，有一个更大也更令人不安的问题：这就是我们首先希望在童书中看到的世界吗？充斥着恐慌、神经官能症，以及大量急需忍耐并解决的难题？如果是这样的话，那么该系列岂不只是在进行应试教育，提供一种可以被轻易抛弃的训诫，而不是那种经久不变的、能让人深刻理解并心悦诚服的道理。熊国度的温暖、探索精神

斯坦·博恩斯坦，简·博恩斯坦
《礼貌待人》
爱心树童书／新星出版社

斯坦·博恩斯坦，简·博恩斯坦
《礼貌待人》
爱心树童书／新星出版社

和想象力在哪里？斯坦·博恩斯坦给孩子们上了几百万堂课，但其中并未蕴含精妙而质朴的乐趣。

到了2010年，在美国图画书复兴的浪潮中，"博恩熊系列"被边缘化，被看作是一种落后的历史遗物，"反说教主义"是根深蒂固的主流观点。"我听说业界已经厌倦了书中的道德说教，这是真的吗？"一位提问者这样问"读书的孩子"博客的博主，这个博客主要为希望从事童书行业的人提供资源。提问者得到的答案非常明确：

你的说法非常正确。出版商不想在图画书中看到直截了当的训导。用来传达某种道理的最佳方法是塑造一个生动的人物，让他经历故事情节中的某个事件，并由此发生一点点（或是很大的）改变，但是他们在这个过程中的领悟永远不该被直白地表达出来，道理必须由读者的解读和理解来得出，而不是由作者来给出。

还记得小时候，父母命令你去做某件事时的感受吗？或者他们让你坐下来聆听长篇大论，还记得那滋味如何吗？是的，今天的图书经销商、编辑和孩子们也不喜欢那种感受，所以那种书不会受欢迎。你的任务是讲一个故事，而不是把一个故事主题教导或灌输给你的读者。

在这种大环境下，原本繁荣的那类可以向儿童传授生活知识、改善他们行为的图画书并没有发挥应有的作用。其原因之一就是，这类训导无法

大卫·香农
《大卫，不可以》
启发文化／河北教育出版社

直接从父母或其他成年人的口中说出。事实上，一个深受欢迎的图画书系列——大卫·香农（David Shannon）创作的"大卫系列"，展现了父母的喋喋不休是何等的徒劳无功，这种观点在该系列故事中被推演到了逻辑上的极致。

"大卫系列"图画书的每一页都展现了大卫淘气的样子，画面上配有的文字仅仅是一句来自成人的命令，比如："大卫，不可以！"——这句话是该系列图画书第一本的书名，也是其余几本书中经常反复出现的主题——或是："大卫，不可以在屋子里玩！"在"大卫，快回来！"这一句的画面上，大卫正光着身子往街上跑，幽默感自然而然地从这种别出心裁的图文场景中流淌而出。显然，大卫很难控制自己的冲动，是一个无法循规蹈矩的孩子，而父母和老师竭力对他大声发号施令，也丝毫没能帮他实现自控。然而，"大卫系列"想传达的并非大卫需要改善自己的行为，而是在表达一种观点：对孩子大喊大叫的方式可能不是最佳或最明智的育儿方法。在每本书的结尾，我们都会看到一个温暖人心的场景——大卫的父母或老师会与他和解，并向大卫表达他们是爱他的。作者想要表达的重点很简单：无论如何，大卫的父母都爱他。这样，我们在读完每一本书时，都相信大卫下一次会努力变得更好。

另一些图画书创作者试图通过邀请儿童进入故事世界来抵制说教主义的标签。在故事里，没有任何行为会被看作离经叛道，道德寓意必须从令人困惑的局面中一点点被梳理出来。乔恩·克拉森的作品是一个很好的例子，他的"帽子"三部曲赢得了一系列奖项。在《我要把我的帽子找回来》一书中，一只情绪悲观、行动迟缓的熊询问森林里的其他动物们是否见过他的帽子，没有一个动物承认自己见过，但是兔子的回答貌似很可疑："我根本就没看到过什么帽子。我不会去偷一顶帽子的。不要再问我问题了。"最后，我们这只悲观的熊注意到，帽子确实就戴在兔子的头上——这本书的最后一页，熊似乎已经把小偷吞掉了。获得凯迪克奖的《这不是我的帽子》中，另一个帽子窃贼——从一条大鱼那里偷走帽子的小鱼——直接坦承了自己的罪行，并认为自己肯定能够逃脱惩罚。但他错了，我们又一次收到暗示：小偷最后被吃掉了。

大卫·香农
《大卫，不可以》
启发文化 / 河北教育出版社

小偷只是一道点心吗？克拉森的这几本书若要求在阅读时进行道德判断，无论对于儿童还是对于与他们共读的成人来说，这都并非易事。

随之而来的是2016年的美国总统

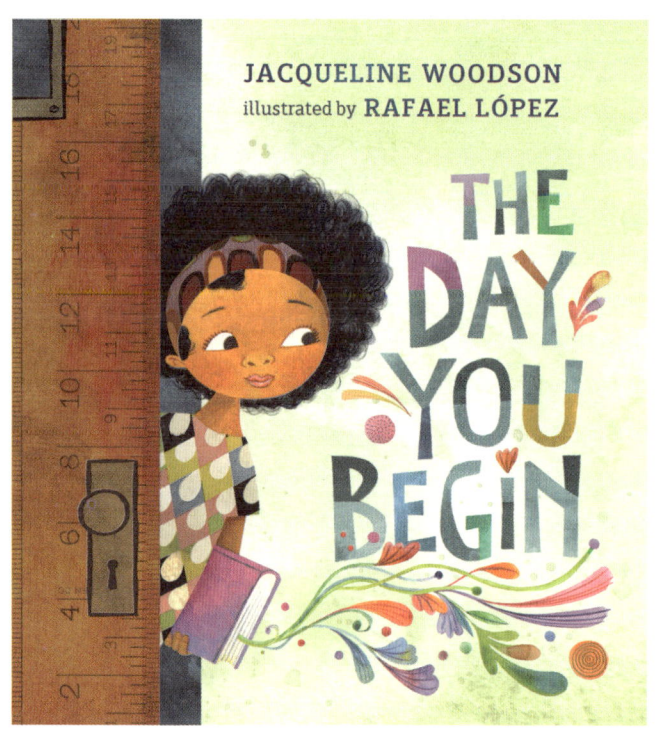

杰奎琳·伍德森，拉斐尔·洛佩兹
《由你开始的那一天》
奇想国童书 2020 年即将出版

大选,以及所谓的"特朗普主义"的兴起。公民话语变得富有争议,总统候选人们也被报道出有使用粗鄙言语的行为。随着特朗普本人以"强硬"的措辞来诋毁外来移民,教师和家长开始发现学校霸凌现象日益增多,家长们表达了对如何才能教会孩子同情与怜悯的担忧。与此同时,家长们也担心科技和个人电子设备的兴起会不断削弱孩子们建立人际关系的能力。

2017 年春天,畅销书排行榜开始呈现出一种新的趋势:人们明显更青睐有关善良、共情和怜悯之心的图书。在与情感教育相联结时,说教主义似乎已经不再是一个贬义词。人们的新偏好不再是"博恩熊系列"那样的餐桌礼仪或健康饮食教育,甚至也不再是像"大卫系列"那样关注儿童日常行为自控的图书。现在,童书被期望倡导的美德可以称为"公民道德"——对不同人群的包容、宽容、接纳与共情。在《纽约时报书评周刊》的一篇评论中,作家琳达·苏·帕克 (Linda Sue Park) 提出了一连串的质疑:

> 许多从业者和专家严厉地反对童书中的说教,我觉得这一立场令人费解。如果你觉得自己没什么有价值的东西可以传达给年轻读者,为什么还要为他们写作呢?

帕克随即探讨了帕特·齐特罗·米勒 (Pat Zietlow Miller) 和珍·希尔 (Jen Hill) 合作的作品《善良》(*Be Kind*),这本书毫不掩饰地阐明了所要教导的内容。帕克指出,这本书主要在问:"善良到底意味着什么?"

> 书中的叙述者想象着各种各样的可能,从为一个孤独的邻居烤饼干,到"告诉戴斯蒙德,我喜欢他的蓝靴子",再到若有所思地说:"当其他孩子不友善的时候,为别人挺身而出真的很难(也真的很吓人)。"

《善良》一书以孩子们的期望作为结尾,那是一个小小的善举……可能会"从我们的学校里传

杰奎琳·伍德森,拉斐尔·洛佩兹
《由你开始的那一天》
奇想国童书 2020 年即将出版

播出去",直至传播到全世界。用来指代"全世界"的小图描绘了一些名胜古迹(金字塔、泰姬陵、比萨斜塔等),大概是为了帮助确定方位,遗憾的是这在某种程度上也强化了刻板印象。即便如此,帕特·齐特罗·米勒真挚的文字和珍·希尔迷人的图画相结合,在那些渴望与儿童进行一场深入对话的成人中激发出了共鸣的火花。如今,童书比以往任何时候都更需要向孩子展示该如何以深思熟虑、礼貌和善的态度行事,如何在一群强大的、却从未做到这些的成年人当中努力成长。

《善良》很快就成了一本意想不到的畅销书,与之同列的还有其他一些拥有相似主题的图画书,比如亚历山德拉·彭福尔德(Alexandra Penfold)的《每个人都受欢迎》(*All Are Welcome*),杰奎琳·伍德森(Jacqueline Woodson)的《由你开始的那一天》(*The Day You Begin*)。《你如此善良:苏斯博士的大象霍顿》(*Dr. Seuss's You Are Kind Featuring Horton the Elephant*)是一本用苏斯博士的插图创作的新书,改编后的内容宣扬了善良的品德;彼得·H.雷诺兹(Peter H. Reynolds)和苏珊·韦尔德(Susan Verde)的《我是人类》(*I Am Human*)的结尾提供了一个善意冥想的指南,对儿童和成人来说同样适用。《科克斯书评》高度赞扬了《我是人类》这本书,认为它清晰地展示了"一个人如何选择去改善自己与他人之间的关系"。

目前看来,关于美国图画书中的说教主义,争论双方似乎已经"休战",至少在涉及共情、慷慨、善良——家长们所担忧的正在当下教育中逐渐缺失的人际交往技巧和美德——等主题时,一点儿公然的说教是受欢迎的。同时,人们也承认,并非所有儿童都是完全相同的,因此他们也不会都喜欢或需要相同类型的书:一些孩子喜欢的故事反映了他们对于生活中令人安心的规则、秩序的渴望;另一些孩子则完全相反,寻求自由和混乱,以及像"大卫系列"那种让人可以尽情无视或违抗规则的故事。就这一点来说,我们应该像在其他领域中一样,充分尊重多元化的需求。至于"博恩熊系列",斯坦和简去世之后,现在由他们的儿子迈克(Mike)继续创作和出版。对于道德说教,迈克满怀着和他父母一样的热忱,正如 2019 年这个系列最新故事的书名——《博恩熊做正确的事》(*The Berenstain Bears Do the Right Thing*)所自豪地宣称的那样。❖

奥利维耶·杜祖：
叙事与绘画中的恒定元素

文／阿代勒·德布舍维尔
译／李学敏

[聚 焦]

奥利维耶·杜祖，1963年出生于法国南部小城罗德兹，1987年毕业于蒙彼利埃建筑学校，1988年至1993年，他在巴黎担任过两家设计和视觉传媒公司的艺术总监。1993年，他出版了第一本有着划时代意义的图画书《奶牛娇娇》。这本图画书的出现，也使出版它的胡埃格出版社有了少儿部。从1994年开始，奥利维耶·杜祖成为胡埃格出版社少儿部的总编。

2001年之后，他离开胡埃格出版社，开始参与创建灯泡出版社，同时在梅莫出版社出版图画书，其中《鼻子》（Le Nez）被评为2006年巴黎蒙特勒伊书展最佳童书。2011年，他回归胡埃格出版社少儿部，担任总编辑兼艺术总监，但他并没有放弃在图像、物体和空间领域的创作活动。

作为创作者和插画家，奥利维耶·杜祖一直致力于图像的表现手法和叙事艺术的创新，致力于创作那些令人耳目一新并能启发孩子和大人文学及艺术思考的作品。他出版了九十多本图画书，获得过包括巴黎蒙特勒伊书展"金豆奖""面包树奖""博洛尼亚童书展大奖"在内的图画书界许多重要的奖项。他的书也被翻译成了二十多种语言。

叙事，就是叙述故事的方法。这是一件并不复杂，甚至简单到不需要技巧的事情，但这难道意味着我们不用探索或解析故事的结构吗？当然不是！事实上，每一个作者都有自己专属的叙述故事的秘诀。我们一起来看看能不能找到法国图画书作家奥利维耶·杜祖的秘诀。

文字构筑的文学

1993年，奥利维耶·杜祖的第一本图画书《奶牛娇娇》出版，这是一本颠覆儿童图画书概念的极具开创性的作品。它最主要的特色是建立在视觉信息的传达，即图像叙事的基础上的，语言信息需要与风格独特的图画造型相配合，才能得到最好的阐释。奥利维耶·杜祖曾这样说："对我而言，这并不仅仅是一部有文字、有图画的书。就像'米其林轮胎人'并不只是视觉上

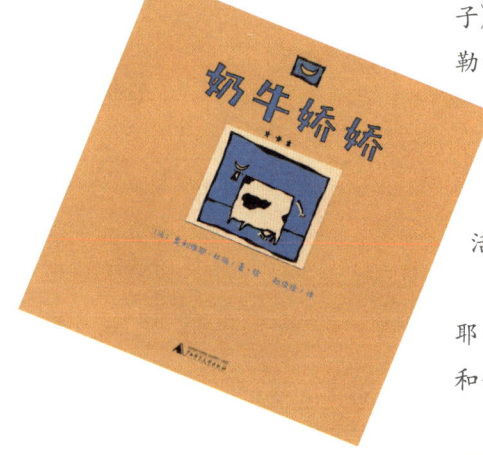

奥利维耶·杜祖
《奶牛娇娇》
魔法象童书馆／广西师范大学出版社

看到的那样，他也讲述了轮胎的故事，讲述了巴西橡胶的故事。"

2012年，奥利维耶·杜祖出版了一本诗集《大地之诗》(*Poèmes de Terre*)。在这本含有四十多首混杂了回文、俚语、双关语、字母颠倒或音节颠倒的诗歌中，缺乏灵感的诗人"蚯蚓"是这本书的主角。所有这些诗歌都将语言原本的味道发挥得淋漓尽致，自然吸引了我们对生活在地下的蠕虫这种美妙生物的关注。

同样出版于2012年的图画书《小橡果亚历山大历险记》(*Les Aventures d'Alexandre le Gland*) 是一本一百多页的图画书，讲的是一个不愿意从树枝上掉落的小橡果掉落后的历险故事。这本书带给读者的是一场真正的语言盛宴，体现了作者的文学功底和渊博学识。在书中，作者把一部分单词中的R都变成了L，就像书名中的Grand变成了Gland，意思就从"大帝"变成了"橡果"。小橡果和所有在历险过程中碰到的小角色的对话，都以韵文的形式出现，且充满了文字游戏的趣味。每一个小人物都有自己的表述方式，每一次的相遇都是一首致敬雷蒙·格诺(Raymond Queneau)的诗歌，对话中隐藏着双关和讽喻，信息量之丰富，让读者几乎不知道该从哪里入手。而几乎在每一页，除了阅读时获得的乐趣，读者还能发现多种多样的叙事形式，从简单的童谣到拉封丹(La Fontaine)式的寓言，从拉罗什富科(La Rochefoucauld)式的箴言到对卡尔洛·科洛迪(Carlo Collodi)的最高致敬——历史典故、寓言、科学知识等，包罗万象。正如杜祖自己所说："《小橡果亚历山大历险记》的理念和《木偶奇遇记》很像，只是更诙谐一些。这种理念上的一脉相承使这本书里的亚历山大有了经典形象的样子，也使我可以把《小橡果亚历山大历险记》归入儿童文学的行列。总体来说，在创作这本书的过程中，我获得了很多乐趣。一部经典儿童图画书就像一部公路电影，前行的路上会有很多冒险经历。因此，我们与其搭建一个经典童话的架构，像《木偶奇遇记》——'匹诺曹'在意大利语里的意思是'松

l'as

Tico veut être boxeur
poids moyen, mi-lourd
il s'entraîne, endure
mène à ses poings la vie dure
rêve de Las Vegas
mais un matin
hélas trois fois hélas
la nature a brisé son destin.

Hélas Tico
est devenu poids mouche.

deux vers ensuite

Veux-tu rimer avec moi ?
OK, mais on finit par quoi ?

奥利维耶·杜祖，阿努克·里卡尔
《大地之诗》
© Le Rouergue, 2012

奥利维耶·杜祖
《小橡果亚历山大历险记》
© Le Rouergue, 2012

果',所以它也是从树上掉下来的——不如在此基础上建立新型的叙事结构。这和我们之前在胡埃格出版社所做的——尽力脱离传统的叙事框架——有差异,就像是我们又从电子吉他转向了传统的小提琴的阵地!"

《小橡果亚历山大历险记》和《木偶历险记》一样,分了很多小章节,章节小标题蕴含了文学的表达,例如"亚历山大走上征服之路"或者"亚历山大还在奔跑"。这些内涵丰富的标题总是以迂回曲折且糅杂的表现形式,尝试以不一样的方式来进行叙事。这种叙事方式是如此老旧,与今天经常采用的叙事方式千差万别,更类似于报纸专栏的文章。而众所周知,科洛迪的《木偶奇遇记》正是以连载的形式在报纸上刊出的。但在儿童文学领域,所有叙事方式都是为表达服务的,都是为了让孩子们在心灵上有所收获。正如杜祖所说:"今天,作为创作者,我们应当从儿童文学最本质的基石出发,去回答孩子们的问题,解决孩子们的需求。这既是个人需求,也是共同需求。我曾经非常抗拒虚构故事,而现在,我觉得虚构故事才能更好地反映现实生活。"

图画构筑的文学

无论何时何地,奥利维耶·杜祖总是在画画,每天都画。日常画画的习惯给他带来了写作上的灵感,无限的想象力便是他日常伏案绘画所收获的果实。

"我和读者们已经培养出一种默契,他们总是希望我创作出一些意料之外的情节。如果有一天,我可以用一种很固定的方式写故事,并配上图画,我会比较轻松!可这当然不是我所追求的。我的读者们并不总是能够发现我所使用的不同的叙事小技巧……为什么使用不同的技巧呢?因为这让我感觉像在说不同的语言!我不会再创作 10 本像《小橡果亚历山大历险记》那样的书……我唯一一本重新制作的图画书是《怪物》(*L'Ogre*),这本书和我的另一本书《狼》(*Loup*)的理念相同。主人公是坏人吗?是好人

奥利维耶·杜祖
《小橡果亚历山大历险记》
© Le Rouergue, 2012

吗？哪里有危险？很多东西都是不确定的——当我制作完这本书后，我并没有一种很强烈的满足感，因为我之前就已经很熟悉整本书所需要的技巧和工艺了。我很难做到把一本书当成模板，不断挖掘其中的技巧和方法，并把它们再应用到其他图画书的创作中，而不去探索新的思路。

"通常来说，一个故事的创作始于对人物的构思，《小橡果亚历山大历险记》就是这样，我用了很长时间，甚至是几年的时间，才把这个故事逐渐架构出来，并让整个故事丰盈起来。由于需要花时间寻找和使用新的工艺与技法，从油墨开始，到水彩技法，再到彩色铅笔，最终我决定用我们今天看到的铅笔画。我觉得铅笔画是一种清零的方式。为了获得一个完美的呈现效果，尽量不用橡皮，接受错误，不断修改，最后修改稿会比原稿数量多得多……在我看来，一个优秀的插画家能够画出眼前存在的一切。今天的插画家，令我感受到的是他们更擅长画出现实中并不存在的东西！对于文本当然也是一样。但是，好的文本应该是对现实的反映，是为了让人们对现实有确认感。"

《蚂蚁》（*Fourmi*）与以上所使用的叙事方式截然不同，奥利维耶·杜祖创造了一种完全基于正反概念的叙事方式，因为切入的角度不同，事物的出现和消失，让我们总能看到完全不同的方面。一般来说，图画书的叙事以两条线索行进：一是文字对图画的阐释，二是图画自身的呈现。"但《蚂蚁》则完全相反，图画黑白交替出现，代表着夜晚和白天，同时呈现出同一个场景在光源下和在黑暗中的不同。而读者看到的画面也是完全不一样的：如果我们只看黑色的那一页，就只会看到熊；而如果我们只看白色的这一页，我们就只会看到蚂蚁！这是一本对同一幅画可以有两种截然相反的切入视角的书。"奥利维耶·杜祖解释说。这种不同的视角，也带来了双重的阅读体验，而且它们是互补的——如果

奥利维耶·杜祖
《蚂蚁》
© Le Rouergue, 2012

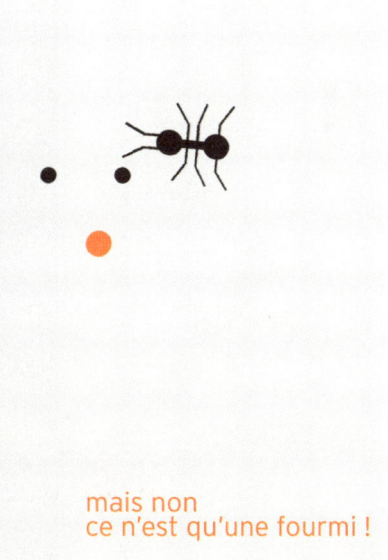

两者没有相互配合，将很难达到出人意料的效果。这本图画书的精彩之处在于：它最重要的意义隐藏在没有明确展示出来的地方。当读者发现了最后出人意料的结局，再重新去阅读小熊身上的小部件最终变成一只蚂蚁的过程，就会发现文字提供了与读者进行互动的默契小游戏——随着文字密度的逐渐加强，紧张感也随之渐增。我们几乎可以想象，作者在向小读者们喊出"不是，不是！不是你们看到的那样"，而小读者的好奇心逐渐强烈，当他们发现了意料之外的东西，紧张感和趣味性都会达到顶峰。随着黑页和白页的交替更迭，这种感受则会更加强烈，而作者不必多费纸墨，就能达到非凡的效果。

以《金发姑娘和三只熊》（*Boucle d'Or et les Trois Ours*）来说，它一次性提出了所有的问题。这本图画书的结构非常密实，融合力很强。在叙事方面，这本书讲了一个我们熟知的经典童话——众所周知的发展脉络和走向，为读者提供和作者互动的契机。正如这本书里所呈现的那样，文字与图画联系紧密，无法被拆分开来。文字就是图画，反之亦然。这本书的灵感来自于数字3的形状，当3卧倒在地时，开口朝下，在图上就构成了熊的两只耳朵。而3当然也代表三只熊了。"这本书其实就是在辨认图画中的数字，对数字展开想象。人们说我制作了一本数字书。其实书里的熊才是最重要的，它们在原来的故事里就出

奥利维耶·杜祖
《金发姑娘和三只熊》
© Le Rouergue, 2011

现了，我并没有创造什么。书中所呈现的现代感与算术、数字紧密相关，这个灵感是我不经意间得到的，这非常好。"

进入胡埃格出版社后，很长一段时间以来，人们都指责奥利维耶·杜祖创作的图画书中图画所占的比例太高，认为他所创作的图画书是图像类图画书，但他觉得自己一直在讲述故事，只是这些故事交杂在文字中，嵌在图画里而已。"图像"一词可能会使人困惑，以为图像和叙事是毫无关系的，但对杜祖来说，这两者是密不可分的。

"我想在我自己的绘画方式上做出更多改变，回归我最初对绘画的热爱。"这并不是说他停止了绘画，而是他之前总是在电脑上完成书中图画的制作，电脑不能替代铅笔，却可以弥补铅笔绘画的很多不足，但是用电脑绘画也许不能让他的绘画才能完全发挥出来。改变绘画方式，就是直接将在绘画桌上完成的手绘成果呈现在书里。

在奥利维耶·杜祖的观念里，绘画是文字的源头："今天人们总是认为文字是绘画的源头，这是一个误区！"即使他只创作故事文本，由其他图画书作家——尤其是和弗雷德里克·贝特朗（Frédérique Bertrand）与娜塔莉·福蒂埃（Nathalie Fortier）创作插画的书，他也会画一些图画，用这些图确立故事的人物形象，并通过一些文字游戏制造出一些情景。"在绘画的时候，我很清楚可能会出现思维扩展的情况，我也很清楚文字是一个很好的出发点，所以我会为插画家留出创作的空间，为他们留下一些可以给我制造惊喜的空间。"因此，对于奥利维耶·杜祖来说，是绘画帮助他寻找到了最佳的叙事方式。❖

奥利维耶·杜祖
《金发姑娘和三只熊》
© Le Rouergue, 2011

故事背后的故事
——解析央美绘本创作工作室教学案例

文／杨忠

中央美术学院绘本创作工作室的教学已经走过了15个年头，我们送走了14届毕业生，辅导的学生作品有五十多本已经出版，还有一部分正进入出版流程。在原创图画书领域，这些作品的完成度和整体品质受到了国内外出版市场和学术界的一致认可。

创作一本图画书的不易，只有深入接触原创图画书的人才会了解，其中最难的环节之一就在于如何通过图文的翻页关系做好图像叙事。在图画书创作中，内容可以不拘一格，可以上天入地，而如何用图像清晰地呈现出创作者的可叙事性创意，却是其中最大的关键。接下来，我会从"非故事性图画书"与"故事性图画书"两个方面进行辅导案例分析。

非故事性图画书

非故事性图画书是指其内容不以起承转合的故事叙事为主的图画书。

于2008年出版的《森林的诞生》（图01）是王子豹在大学三年级时的创作，后来在文字上又经过大幅度修改，于2015年由中福会出版社再版。通过图02这三张内页的对比，在单页叙事的图文关系中，未出版时的版式（图02-1）更适合视觉的图像阅读，这是因为在图画书中要优先考虑读图。这样一幅描绘月色宁静的图画，月光周围需要留白，需要透气，需要空气的流动感，不能用文字去"填空"，否则会破坏整个画面的意境。从最后的这一版（图02-3）可以看到，增多的文字量和文字摆放的位置，给画面带来了一种压

图02-1 未出版时内页。

图02-2 2008年版本，内页图没有变化，文字的字体、位置、内容均有调整。

图02-3 2015年版本，内页图调整，文字的字体改变、增多。

迫感。这也是原创图画书中经常被忽视的一点：图文版式设计的合理性。

再如图03和图04这两组图，是出版前改的两版。我们可以感受到其中诗与画之间缓缓道来的气质。比如，第一张图中鸟儿飞翔方向的变化、文字语言的断句和接下来一张较为空旷的跨页，给鸟儿远去留出富有想象的叙事空间；图04中的第5、6、7张跨页，虽然从天入地的视角跨度很大，但在翻页间却通过图像的自然衔接让视角得以流畅地转换。

王子豹上学时就喜欢用刻纸的方式创作，同时喜欢文学和写作，平常自己创作诗歌，于是就有了这本《森林的诞生》，这种综合性的修养让子豹的作品呈现出细致而宁静的气质。作为老师，在辅导这样的学生时，首先要了解学生的个性特点和个人喜好，"因材施教"是教师对待每个学生永远的原则。如何利用图像进行诗歌叙事，需要我们反复进入诗与画中，寻找两者的交错与呼应关系，需要有耐性和勇气去修改。这本书后半段的

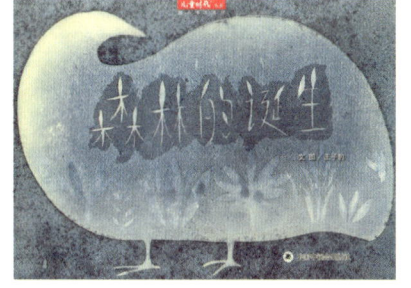
图01

王子豹
《森林的诞生》
中福会出版社

1.一只鸟飞过,留下一粒种子。

2.种子在雨中长大。

3.长成了大树。

4.鸟儿们纷纷来这休息。

5.留下了更多种子。

图03

1.一只鸟飞过。

2.留下一粒种子。

3.种子在雨中长大。

4.长成了大树。

5.鸟儿们纷纷来这休息。

6.

7.留下了更多种子。

图04

修改更大,最终成果让图像与诗性的文字结合得环环相扣,表达出了自然的勃勃生机。

故事性图画书

故事性图画书是指其内容有明确的故事情节的图画书。

《小黑漫游记》(图05)是2008届毕业生董肖娴的毕业作品,一个系列共3本。由于当时的出版环境还无法接受这种折页的异形版本,直到2016年,这部作品才被正式出版。虽然肖娴的作品当年没有被及时出版,但在2009年中央美术学院举办的世界设计大会的展览上,《小黑漫游记》受到了很多国外学者的关注(图06)。

董肖娴
《小黑漫游记》(全3册)
湖南少年儿童出版社

图05

[创作谈]

图06

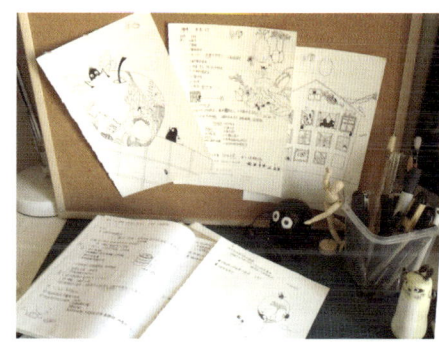

图07

作为一套图画书，《小黑漫游记》从内容到形式都独具匠心。首先，每一本书都独立形成一个故事，而若是把3本书的页面都展开，上中下平行并放，同步翻页，3本内页又可以拼接成一个从天空到地下贯穿起来的完整画面；其次，这部作品以无字书的形式，也就是纯用图像，讲述了一个叫小黑的主人公在天空、地面和地下的冒险经历。

肖娴之所以选择小黑作为故事的主人公，是因为她从上大学起就一直在自己所有的小本子里画这个形象。小黑仿佛是她自己灵魂般的存在，也成为她个人的一个标志（图07）。所以在毕业创作时，当老师鼓励她用自己内心的灵魂去创作，并告诉她感动自己才能打动他人时，她决定创作关于小黑的故事。

第一个故事《小黑漫游记》描绘了小黑独自在天空中自由玩耍时的所见所闻，呈现的是一个人独处的世界；第二个故事《小黑去寻宝》描绘了小黑在建设自己的家园时结识了很多朋友，并与他们建立了深厚的友情，呈现的是个体与他人相处的世界；最后一个故事《小黑和小白》描绘了小黑在地下寻找小白的故事，呈现的是个体与朋友相遇的世界，三段故事借此象征性地映射出我们每个人一生中如何自处、如何交往、如何找到另一半的生命主题。这样一个大体量的构架，最初由老师提议以纵横的方式呈现天空、地面和地下三个部分，而小黑在其间的故事就任由她凭想象去设计。没想到，肖娴以惊人的毅力高度完成了这部系列作品。在辅导过程中，每一个细节的修改都会大动干戈，三本书需要一并调整。为了系列的完整度和图像叙事的顺畅，她将这些困难都克服下来，

图08

完成了创作（图08）。现在已经成为妈妈的肖娴说，接下来她还打算继续画小黑一家人。

杨慧文的《阿兔的小瓷碗》（图09）的创意源于她对中国瓷器的热爱，希望通过图画书让读者了解瓷器的美好。我们辅导学生时，都会和学生们探讨各自的喜好，鼓励他们从喜欢的事物出发去创作，激发他们的创作欲望，希望他们保持创作的耐力。学生往往先有一个点子（想法），再把这个点子转化成一个图画书故事，这需要经历一个极其复杂的过程。为了创作这本书，慧文去景德镇采风了3次。

这本书最初的文本是一个耳聋的雕花师傅专注雕花工艺的故事，而且主人公也有原型人物（图10）。老师们最初都被真实的故事打动，但是随着分镜和草图的进行，发现故事很难做得有趣，并且有些刻意煽情。同时，慧文在刻画人物形象时也显出造型上的薄弱，几易其稿都不理想。这种瓶颈是每个学生在创作过程中几乎都会遇到的，老师在这个时候给予学生恰当的引导，会让学生重新燃起创作的信心，反之则会一蹶不振。在一次辅导之后的谈话中，指导老师向华建议慧文将故事的主角换成狐狸，这样既可以规避人物刻画的短板，也能增加故事的趣味性，并且通过动物把制瓷工艺贯穿起来，创作语言会更加丰富。这让我想到由黑井健绘图的《小狐狸买手套》，这本书的绘画风格特别适合慧文的题材，朦胧的笔触与南方带有湿气感的气质很相配。不过我认为用兔子作为主角更适合她，因为在三年级的造型基础课上，慧文在做动物拟人化训练课题时画的就是兔子，她对兔子的造型十分熟悉（图11）。

之后，她带着更为具体的故事和任务，再一次去景德镇考察，设计了小兔子打破妈妈心爱的瓷碗，通过去找师傅修补的过程，接触到各种各样工艺的师傅，最后找到了锔瓷的师傅，终于补好了瓷碗。后来，这本书被蒲蒲兰绘本馆进一步完善并出

图09

杨慧文
《阿兔的小瓷碗》
蒲蒲兰绘本馆 / 连环画出版社

图11

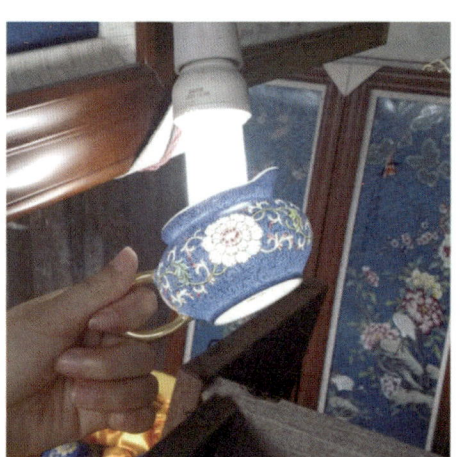

图10

图12
出版后的版本，封面封底展开图。

图13

李星明
《水獭先生的新邻居》
蒲蒲兰绘本馆／连环画出版社

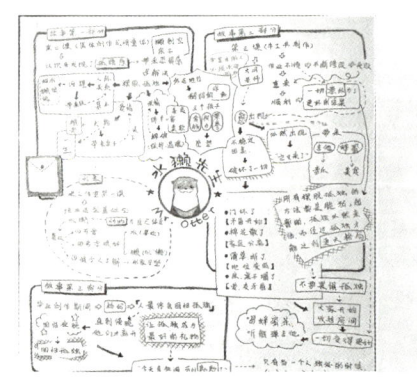

图14

版，而担任这本书编辑的正是工作室第一届毕业生马跃。他们继续打磨细化、完善细节，将图文叙事关系调整得更加丰富。比如，故事从书封就已经开始了，从细节中透露出，兔妈妈从最初就知道整个事件的发生，可妈妈在这个过程中没有出面，而是一直默默关注小兔子的自我成长。在书封上就将这种母爱做了伏笔，这一点改得特别好（图12）。环衬的处理细致丰富，将72道传统制瓷工艺全部呈现出来，使认知内容更加充实。

李星明的《水獭先生的新邻居》（图13）颇受读者的欢迎。大学三年级时，李星明在动物拟人化课题上创作了水獭的形象，形象因为鲜活可爱在网络上受到追捧。他做事特别有计划性，包括毕业设计的思维导图都做得非常有设计感（图14）。最初，他会把自己毕设进度的每一步都拍照，上传到网上，然后得到很多点赞，听说攒了上万的粉丝。最后老师们要求他在毕业创作期间暂时关掉网站，安心面对自己的内心去创作。因为作者在创作期间更需要的是内观，是面对、发现和挖掘自己的内在感受。

当时老师对他说："你画的任何一幅画放到网上人家都会点赞，这只是满足了个人的虚荣心，但是'赞'不会给出有效的建议，反而很影响创作。大众说好的未必是你作品中需要的好，因为他们不了解你创作的内在根本，点赞再多也只是针对你的一幅画而已，可是图画书重要的是整个构架。再在这个构架中看图文关系，以及翻页时图与图之间的叙事关系是否合理顺畅，而非单幅画的技巧如何精湛，讲好故事永远是图画书创作的第一原则。"后来这本书出版时将腰封做了特殊设计，进一步交代了故事的前因，并在环衬上加了一张水獭和动物们栖息地的俯瞰地图，使故事的图像叙事得以进一步完善（图15）。为了叙事更加顺畅，内页也得以补充，使画面的细节更加完整精致。

结语

结合以上列举的具有代表性的案例，可以总结央美绘本创作工作室辅导图画书创作所遵循的四条原则：

1. 有规律，无定律

在图画书创作与教学的专业领域，培养学生成为专业人士是老师的任务。学习经典图画书的叙事文法，同时勇于尝试新的叙事语言，探索当下语境的图画书叙事语言，是师生共同努力的方向。进入工作室之前的学生对图画书知之甚少，怎样才能把他们从"门外"带进"门里"，培养成为一个"内行"的创作者,这个跨度特别大,需要工作室在三年级的课程设计中找出规律,提供"捷径"。三年级全年的专业课程非常紧张,环环相扣,课业量繁重,但只有做好这样的课程铺垫,学生到了大学四年级进入毕业设计环节,才懂得如何从专业的角度进入图画书创作,在发挥各人特点的同时达到创作的高度。而"无定律"之说,就是在遵循创作规律的基础上,提倡大家多思考、多实践,敢于突破旧有模式,勇于创新,发挥自己的特长与个性。

2. 因材施教是不二法则

无论是教授绘画还是图画书创作,大学的教育最终还是对人的培养。因此从每个学生的个体出发,有针对性地辅导,才会呈现出参差多态的样貌。这就要求老师们对每个同学都有相对深入的了解,建立相互信任的关系是辅导的先决条件。我们尽可能通过教学带给学生思维上的启迪,教会他们思考的方式,建构自己的思维体系。这些"技能"之外的使力是教学的关键。

3. 实践是检验真理的唯一途径

只有从外而内地深入"观察",才会自内而外地真诚"呈现"。好图画书的文本都不是编造出来的,而是基于创作者的生命体验,是内心深处那块最不常触碰却又挥之不去的柔软。只有根植于内心的故事才最真实,才会有力量,才会获得他人感同身受的共鸣。感动自己是前提,但不能仅仅满足于此。超越有限的"小我",进一步探求人类的通感,加以艺术的打磨,才会在作品中表达出"大我"。内心要成长,情怀要升华,"自我"要走向"超

图15 水獭和动物们栖息地的俯瞰地图。

我"。成就一部作品的过程,就是成就自己。最好的自己,一定能够感动他人。

4. 图画书需要读者

图画书不同于纯艺术创作,不是一味地表达自我对世界的认知。在图画书创作之初,需要学生认真分析自己的作品所面对的读者群,不能仅仅停留在创作者自我表达的层面上。一本好的图画书需要和读者的心灵产生深刻共鸣。图画书要有人读到,读者不论是成人还是孩子,都会在你的作品中认真寻找被打动的理由。工作室的学生作为心灵还在成长中的年轻人,被"硬性"要求建立受众意识,无异于加入一剂思维的催化剂。他们需要懂得:只有读者才能发掘出作品的生命价值,缺少共情能力的作品是没有生命力的。❖

女性图画书创作者的奇幻世界

文／苏菲·范德林登
译／张月

> 有一天，可能有一天，她也会将她所有不同寻常的时刻，用线，故事的线，缝合起来。
> 她将写下一段故事。
> 属于她的故事。
> 因为所有的故事都那么的不同寻常，它们正一点一点地书写。
> ——《到来的时刻》

拟人化的动物故事，大体上可以算是对"动物幻想"这种文学类型的定义。"动物幻想"一词最早是在约翰·克洛特（John Clute）和约翰·格兰特（John Grant）所著的《奇幻百科全书》（*The Encyclopedia of Fantasy*）中提到的。而 1908 年肯尼斯·格雷厄姆（Kenneth Grahame）在英国出版的《柳林风声》被认为是该类型的开山之作。

如果我们稍微明确一下最初的定义，就能明白这一文学类型在儿童文学领域所持有的特质：拟人的动物主人公在既定的自然环境中生活的故事。这也是肯尼斯·格雷厄姆和 A.A. 米尔恩（A.A. Milne，《小熊维尼》的作者），以及艾诺·洛贝尔（主要作品是从 1970 年后创作的《青蛙和蟾蜍》系列）和苏珊·华莱（Susan Varley，她在二十世纪八十年代出版了《獾的礼物》）的作品的共通点，他们所创作的作品可以被称为"动物幻想类"的一个分支。

当然，我们也从其他创作者身上发现了相似之处，其中就包括一些法语地区的女性创作者们，比如凯蒂·克劳泽（Kitty Crowther）、戴尔菲·布奈（Delphine Bournay）、梅拉尼·吕滕（Mélanie Rutten）以及雷蒙娜·巴蒂斯库（Ramona Badescu），她们构建了属于自己的幻想世界，让这种类型的特点变得更清晰明确：一场小小的情感喜剧，一段由几个小故事组成的幻想中的荒唐友谊，一种由动物组成的家庭或微型社会的情感探索及与自然环境的对抗。

在这种强烈的趋同下，每个创作者都依然力求保有自己的独特性，并用自己敏锐的感知能力巧妙地创造出各种独特、丰富、厚重且极具吸引力的世界。

敏感奇幻的凯蒂·克劳泽

凯蒂·克劳泽的瑞典血统和在阅读中所受到的盎格鲁－撒克逊文化的影响，在创作上显露无遗。她通过文字和图画展现出来的孩童般的敏锐感受和卓越才华，为童书世界带来了温情、幻想和善意。她在 2005 年开始创作的"爸爸和我系列"，更为读者带

凯蒂·克劳泽
《爸爸和我系列：花园深处》
奇想国童书／浙江少年儿童出版社

有什么东西在她身后移动。她可以断定，有人在看着她。米娜赶紧往家跑。

来了意想不到的惊喜。她选择了在自然界并不存在的昆虫作为两个主人公，并将纤细的他们搬上了舞台，上演了一场又一场日常的小小冒险。幽默、愿望、互助、秘密和腼腆是这些小故事里最主要的话题，这一切都发生在她笔下五彩斑斓的绚丽图画中。书的开本、角色形象的娇小脆弱，以及细节丰富且温柔细腻的插图，构建出了一个精致的世界。她邀请读者们踮着脚悄悄地走进这个世界，用心去感受那些隐藏于故事中的微小细节和情感。"不明确性"也在其中扮演着极为重要的角色：所有的故事都没有明确的时间、地点，也没有明确指出波卡和米娜到底是什么物种。

凯蒂·克劳泽就这样创作出了一个以自然与情感为中心的非凡世界，并将这个世界分享给她的读者。

卓尔不群的戴尔菲·布奈

戴尔菲·布奈以其杰出精湛的绘画技艺备受读者喜爱，尤其是她笔下角色的姿态，都以极其细微的方式呈现出来，得以让人完全进入她的图画世界，带着对科学的好奇心去观察那些讨喜的、软绵绵又圆滚滚的角色。她从2006年开始创作的系列图画书"小黄兔和绿薄荷的森林事件簿"，集桥梁书的叙事方式和漫画手法于一体，在文字的编排上，采用将对话直接嵌入图画中的方式，用说话者的身体颜色来对应对话文字。没有对话气泡、各种连词和人称代词的干扰，角色之间的对话似乎神奇地"鲜活"了起来，整个精心编排的画面看上去十分和谐。

戴尔菲·布奈似乎可以处理任何不容易讲述的主题：动物界的阶级问题、动物的野性等。她用文字和图画为我们描述出一个极具参考性、原创性和趣味性的动物世界。

感性睿智的梅拉尼·吕滕

比利时青年创作者梅拉尼·吕滕凭借她的系列作品《夏天的早晨》《冬日一杯茶》《每一个的影子》《完美的

戴尔菲·布奈
《小黄兔和绿薄荷的森林事件簿：绿薄荷的陷阱》
信谊 / 明天出版社

梅拉尼·吕滕
《完美的一天》
九久读书人 / 人民文学出版社

梅拉尼·吕滕
《到来的时刻》
九久读书人 / 人民文学出版社

事手法造就了梅拉尼作品的独特性。梅拉尼的图画以绚丽的色彩和优美的线条在读者心中留下了深刻的印象，而藏匿于文字之中的深刻内涵才是她最大的独特之处。她在叙述故事的时候，会着力于让文字明确简洁、通俗易懂。她会在读者所预期的表达或句子结构中间制造出一些中断，创造出一种脱节的节奏，就像爵士乐即兴演奏中的三连音一样，刻意将原本清晰明了的固定语句变得跳脱。就是在这种有意识的变动中，生发出了独特而令人愉悦的点点星光，一如这段《夏天的早晨》中的文字：

到了午睡时间。天很热。
云静止不动。
埃利奥特看着它们，觉得自己渺小。
埃利奥特很无聊。
天太热了。
埃利奥特无聊得要死。
他正在等待夜晚到来。

一天》《到来的时刻》在儿童文学领域一炮而红。她用这5部作品构建出一个让人感到舒适、热情、永恒且活力无限的世界。她笔下的角色从一部作品走到一部作品，每一个角色都轮流成为一部作品的主人公。在这种统一和谐的氛围中，她通过对光线和色彩的完美把握，塑造了一个无序却很温暖的世界。在她笔下的一个个小故事中，大自然的美好无处不在：流水和森林建造的环境，气氛时而紧张，时而温柔慈祥，极具诗意美。

这个系列也可以说是一幕幕小小的"人间喜剧"，梅拉尼总是能一针见血地触及事物的本质。故事中的嫉妒、苦恼、爱与悲伤构成了一块情感的调色板，毫不避讳却十分温情，一些穿插其间的洞察入微的幽默也丝毫没有削弱温暖的氛围。集体生活、旅行和分享交流永远是故事的主题，让读者跟随故事中的小主人公去感受生活中的愉悦，去了解人生的意义。

然而，并不是这些主题或叙

情感细腻的雷蒙娜·巴蒂斯库

同样是建构小小的自然世界，雷蒙娜（曾与邦雅曼·肖一起创作了《花园小象波米诺》系列图画书）非常注重内心情感的表达。她最初出版的两本以"在森林里"（*Dans la Forêt*）为系列名的桥梁书——《悲伤与金银花》（*Tristesse et Chèvrefeuille*）和《秋天的舞会》（*Le Bal d'Automne*），深受托芙·扬松的影响。雷蒙娜建构了一个能达到自己严苛要求的世界，也带我们走进了她的森林世界。

通过雷蒙娜笔下的角色，我们能更加深入地体会到整个故事中占据中心情感的"内在痛苦"。《悲伤与金银花》中的主人公小鼹鼠没见过爸爸，爸爸在她还很小的时候就离开了家。有一天，她忽然收到了一封信，信中向她说明了爸爸的葬礼在哪里举行，这个消息让小鼹鼠不知如何是好。于是，如何悼念一个从未谋面的爸爸成了这本书的中心命题，与此同时也小心地避免了悲伤。雷蒙娜通过细腻的笔触和敏锐的感知力勾勒出了小主人公丰富的内心活动和故事的走向：她纠结与挣扎的心理、她面对问题时的勇敢与冷静、她敢于步入未知境地的勇气、她的旅途中那些看似无言却又至关重要的相遇，以及她这段注定孤独的心路历程。在作者的铺垫下，我们得以一步步感同身受地随着小鼹鼠走向了释然和解脱。在故事的最后一段，文字是这样的：

> 小鼹鼠什么都感觉不到，感觉不到悲伤，感觉不到气愤。她只是觉得曾经在她肚子里的球不见了。她的故事中有些东西停留在了那儿，停留在了那个泡沫里。这样真的很好，独自一人，轻松自在。她的世界变了，就在那一刻。

所有这些女性创作者，她们在带来自己作品和独特风格的过程中推动了一种类型的发展，更为多样叙事的创作开辟了一条新的道路。她们情感细腻，内心丰富，创作深深扎根于现实的日常生活环境中，与以"想象"而传世的盎格鲁-撒克逊创作者们完全不同。凯蒂·克劳泽、戴尔菲·布奈、梅拉尼·吕滕、雷蒙娜·巴蒂斯库，以及其他同类型的作家们，在如何平衡个人化的感情表达与无与伦比的想象世界之间，为我们提供了出色的榜样。她们对自然的喜爱，对个人观念的充分表达，她们的幽默和感性，以及她们细腻的情感描述，为自然叙事创作带来了鲜活而极具创意的力量。❖

雷蒙娜·巴蒂斯库，奥利尔·卡利亚斯
《悲伤与金银花》
Albin Michel Jeunesse, 2010

《野兽国》的原始文本来自《大绿皮书》？

文／迈克尔·约瑟夫
译／常妮

罗伯特·格雷夫斯，
莫里斯·桑达克
《大绿皮书》
蒲公英童书馆即将出版

莫里斯·桑达克
《野兽国》
蒲公英童书馆／贵州人民出版社

① 罗伯特·格雷夫斯是二十世纪英国著名诗人、小说家和文学评论家，《大绿皮书》是他所创作的为数不多的儿童故事，中文版将由蒲公英童书馆出版，本文中所引用的故事译文参考了袁本阳老师译本。
② 这一荣誉于1985年改为"美国桂冠诗人"。
③ 原文为hetero-diegetic，指故事的叙述者不参与故事进程，也就是说以第三人称讲故事的叙述类型。

莫里斯·桑达克发表他的"凯迪克奖"获奖感言时，是以这样一个问题开场的："这次演讲将试图回答一个问题，这个问题常常被摆在我的面前，那就是：'你究竟从哪里得来这么一个疯狂又可怕的想法，创作了这样一本书？'我的回答总是含糊其词：'灵光乍现吧'。"

我们的这篇文章将借助罗伯特·格雷夫斯（Robert Graves）的《大绿皮书》①（The Big Green Book）来试着阐述桑达克的回答。

《大绿皮书》的黑白插图由桑达克绘制，于1962年作为"现代大师儿童书籍系列"（A Modern Masters Books for Children）中的一册出版，比《野兽国》的出版时间早一年。"现代大师儿童书籍系列"是当时新晋的美国国会图书馆桂冠诗人② 顾问路易斯·昂特梅耶（Louis Untermeyer）的创意。昂特梅耶曾任"现代大师儿童书籍系列"的主编，负责撰写约稿函。他的部分相关书信收藏于纽约公共图书馆的伯格阅览室。格雷夫斯在1961年9月18日至10月31日期间，把《大绿皮书》作为应征稿件寄给了昂特梅耶，这本书随后于次年10月出版。据儿童文学作家约翰·切赫（John Cech）所说，那大约是在桑达克开始修改他的手稿《野马国》（Where the Wild Horses Are）的前6个月，而桑达克最终没能完成这部手稿。

在桑达克辉煌的职业生涯中，他经常谈到那些对他产生巨大影响的作家，包括比阿特丽克斯·波特（Beatrix Potter），他甚至把她的图画风格融入《大绿皮书》的创作中，但是关于格雷夫斯，桑达克仅在一篇名为《鹅妈妈》（Mother Goose）的文章中提到过一次，这篇文章发表于《野兽国》出版后的第二年。格雷夫斯在桑达克的"影响论"中缺席，并不能证明前者对其没有影响——这甚至很可能是一个特意的疏忽。虽然我没有发现任何能够证明这一点的信件或笔记形式的外部文件，然而，桑达克深受格雷夫斯影响的内部证据却显而易见，那就是桑达克在为《大绿皮书》绘制插图的过程中所汲取的丰沛的创作能力。这似乎为《野兽国》的创作提供了大量素材，包括主题、叙事结构、象征性的隐喻、风格元素、故事结局。最重要的或许是，不可避免的主角——迈克斯的形象塑造。

这两本书都属于"异故事叙述"③ 类型的冒险故事，主要讲述一个小男孩用"魔法"解决了家庭问题。《野兽国》的故事开篇，以"晚上，迈克斯穿上他的野狼装在家里没完没了地"这样的句子开始。这个不完整的句子，印在稍微偏离页面中心的位置上，促使读者翻到下一页，而页面翻过来之后，文本只有两个字："胡闹。"恰好承接上一页的那半句话。这样开篇的目的在于，让读者感受到并认可迈克斯内心的强烈欲望——从这个四四方方的房间里逃出去，从而唤起人们对他"胡闹"行为的同情。

《大绿皮书》在开篇就开门见山地进入了故事的叙述，和《野兽国》的开篇相比，这一叙事方式并不处于弱势。我们从故事开篇中得知，杰克和他的叔叔婶婶以及一只喜欢追兔子的狗住在一起。在介绍完如上信息后，叙事的基调突然急转直下："杰克的爸爸妈妈都去世了，他的叔叔和婶婶对他不太好（nice）。杰克一点儿也不喜欢叔叔和婶婶带他去田野里愉快地（nice）散步，他更愿意独自一人带着狗出去。"从琐碎的情节阐释突然转向伤感，再到黑色幽默，这正是格雷夫斯写作的特点。这段话中极具讽刺意味的第二个"nice"告诉我们，杰克的这些亲戚可能并不太坏，这里所要表达的问题不是悲伤、孤独或虐待，而是缺乏乐趣，或大人们对男孩的立场缺乏认同。这种叙事方式也意味着，叙述者并没有把故事直截了当地表达出来，或者说，读者不能够直接仰赖于表面文字，因为叙述者会用词语来表达与他们本意相反的意思。

同迈克斯一样，杰克也想逃离枯燥乏味的日常生活，去体验生气蓬勃的世界。有一天，他在阁楼里发现了一本有魔法咒语的《大绿皮书》。杰克躲进附近的田野里，捡起一根施展咒语必备的长棍子①，把自己变成了一个留有长胡子、身穿破旧白袍的老人。杰克变成的老人既不睿智也不神奇，但很不文明，不受规矩约束，就是一个十足的野蛮人。这种权力下放的转变对迈克斯而言同样至关重要，而且，这两个男孩都穿着野性十足的服装。

当我们在《野兽国》里看到迈克斯时，他正站在两本书上（其中一本的封皮就是绿色的），手里拿着一把大锤子，烦躁而不情愿地皱着眉头——杰克在故事开始时的表情也是这样。桑达克为这两个人物塑造了同样下垂的唇角，同样的头发、眉毛和下巴。莉莎·保罗（Lissa Paul）在《变形的现代大师》

(*Mangling Modern Masters*)一文中评论道："这种顽童形象的主人公……都会被塑造成喜欢以恶作剧玩闹取乐的风格，就像我们熟悉的迈克斯和米奇（《午夜厨房》的主人公）。"这一风格是将桑达克的这批作品统合起来，而区别于其早期插画作品的主要原因之一。

迈克斯的冒险是进入充满异域风情的野兽国领域，而杰克则是进入他家附近的英国乡村。这两本书中的异度空间虽然不同，但都以传统的森林符号为标志。两个男孩都经历了从最初的社会结构（即父母之家）到自然空间的转变，并遇到了模棱两可的对手。

表现他们取得胜利的插图也很相似。迈克斯命令野兽们："不许动！"他"狠狠地盯着野兽黄色的眼睛，一眨也不眨，用魔力把它们驯服"。这幅对页的右页上出现了另外两个野兽，其中较为女性化的那个把前爪放在脸颊上，这是迈克斯命令"不许动"后，野兽所做出的服从动作。这个场景是《大绿皮书》中的一段文字的变体——当杰克变成的老人在纸牌游戏中打败了叔叔婶婶时，他们恳求杰克给他们一

莫里斯·桑达克
《野兽国》
蒲公英童书馆 / 贵州人民出版社

罗伯特·格雷夫斯，
莫里斯·桑达克
《大绿皮书》
蒲公英童书馆即将出版

①这根棍子很典型，很可能是作者的自我参照。格雷夫斯曾写过：每当他走到一个岔路口时，他都会扔一根棍子来决定走哪条路。

莫里斯·桑达克
《野兽国》
蒲公英童书馆/贵州人民出版社

罗伯特·格雷夫斯,
莫里斯·桑达克
《大绿皮书》
蒲公英童书馆即将出版

个翻盘的机会。

在《野兽国》的这幅跨页图画中,野兽们的脚下是一片草丛,背景是开放式的,类似于一个舞台,野兽在传达情感时用爪子抱住自己的脑袋,它们盯着迈克斯,或坐或倒在地上,表现出非常低的姿态。同样,在《大绿皮书》中表达相似情节的图画中,杰克的叔叔和婶婶也跪在地上,双手合十地恳求杰克,或许是为了突显强烈的情感,桑达克也赋予他们一双凝视的眼睛。对比之下,站在他们面前的杰克显得十分高大。他摆出一副不屑一顾的样子,就像迈克斯在野兽如婴儿般松软的身躯前摆出一副居高临下的姿态一样。桑达克的构图平淡而富有戏剧性,将人们的注意力引向这个令人生畏的男孩,这个场景极具参考价值——杰克作为权威象征的角色,他与亲戚们的关系预示着迈克斯与野兽的关系。此外,叔叔和婶婶的动作也有助于我们去理解野兽的动作。在某种程度上,戏剧性的夸张手势表明他们是在演绎杰克的幻想,当然,野兽也是在演绎迈克斯的幻想。

从本质上讲,这两本书都是戏剧化的白日梦(虚构故事):两个男孩都认为自己在施展魔法,从而迫使更强大、更厉害的对手承认自己的独立性和主动性,而这正是他们所生活的家庭中所缺乏的。幻想世界和家庭之间的联系被编入语言的暗码——即使是最迟钝的读者也会辨认出,迈克斯的"不许动"正来自母亲。同样,在《大绿皮书》中,杰克褪去老人的装扮后,再次遇到了叔叔和婶婶,他们悲伤地坦白道:在和老人打牌的时候,他们把一切都输光了。杰克告诫他们:"噢,叔叔,你总是教导我不要为了钱玩牌。"杰克变成的老人之所以选择为钱去玩牌,是因为他总是被成人告诫不要这么做。他藐视叔叔的命令，挑战叔叔的权威（一定程度上，迈克斯只是在间接地挑战）。接着，在幻想的空间里，他恶搞了现实世界既有的秩序，一边取笑他的叔叔，一边坚守自己的控制权。迈克斯对待命令（"不许动"）有着同样的意图：恰如其分地使用母亲的语言，使他能够对"家长权威"带来的恐惧免疫。

这两本书从一开始就显示出了语言的可塑性。《野兽国》开篇的第一句话就打破了惯例——那些强迫桑达克和迈克斯"服从"的语法结构，甚至社会规则和规范。正如约瑟夫·T.托马斯（Joseph T. Thomas）在《现当代儿童诗歌》①一文中所指出的：桑达克把文本创作成一种伪装性的诗歌，一种使其本身与散文的语法规范相抵触的形式。

《大绿皮书》的语言虽然更为微妙和复杂，但同样具有颠覆性，且在多个层面发挥着作用。这本被制作成大开本、绿色封皮的《大绿皮书》，讲的其实是《大绿皮书》自己的故事。如我前面论述的，《大绿皮书》的语言是两个世界的转换键，用桑达克的话来说，通过语言的切换，男孩可以从"幻想世界跳进现实世界，然后再跳回来"。与此同时，正如格雷夫斯在评价现代主义诗歌时所说的那样，《大绿皮书》引诱着读者"进入（文本）的世界"，它本身就是一个转换媒介。在《大绿皮书》中，魔法的功用被显著地放大，让读者产生短暂的幻觉，好像自己就是幻想的产物。这也可以说是一种无法描述的形象重塑。

《大绿皮书》中的杰克开心地庆祝自己在纸牌中取得的胜利，而格雷夫斯并没有用文字详细描述这一令人愉悦的情形，桑达克用插图对此进行了

罗伯特·格雷夫斯，莫里斯·桑达克
《大绿皮书》
蒲公英童书馆即将出版

诠释。后来，他把这种"诠释"编织进《野兽国》，比如扉页图的呈现。我们在《野兽国》后面的情节中再次看到了这种"诠释"：当迈克斯看到"天花板垂下藤蔓……四面墙变成野外的世界"，现实与幻想同时出现，我们意识到，这场异常的游戏开始了，而我们被吸入这场游戏中。阅读中的我们，在图书阅读者和自我阅读者两种角色中来回切换。

迈克斯在野兽队伍中狂欢舞蹈的那个场景，让我们看到了桑达克对《大绿皮书》的另一个借用。对我们许多人来说，"迈克斯"似乎是"桑达克"的同义词，这个人物当然是他创造的，但

①约瑟夫·T.托马斯的《现当代儿童诗歌》出自《剑桥美国诗歌史》一书。

罗伯特·格雷夫斯,
莫里斯·桑达克
《大绿皮书》
蒲公英童书馆即将出版

其实它来自格雷夫斯。我们至少可以说,迈克斯狂欢舞蹈的这个典型形象,起源于杰克挑战叔叔和婶婶取得胜利后的样子。我们可以在杰克被赋予的这种躁动不安的性格特质中,进一步追溯这种共有认同。约翰·切赫讨论了这种特质在迈克斯（或所有孩子）的心理构成中的显著性,他声称：这是桑达克第一次把这种特质带到人们的面前。他说迈克斯"是受自己本能的驱使……比动物更像动物……是一个彻头彻尾的'小怪物'"。

但迈克斯肯定不是青春期前男孩的典型代表。杰克装扮成的老人在故事里说,他的每一个游戏都是靠魔法取胜的。当他把纸牌变回枯叶后,杰克的叔叔想要看更多的魔法,杰克就耍了3颗豌豆的把戏。叔叔提出了一个卖弄学问的观点,说这是骗人的把戏,并不是魔法,杰克就劝他也试一下。结果,当叔叔按照杰克的方法,把3颗豌豆放在手里摆成横向的一排,用两根弯曲的手指控制住最外边的两

颗豌豆时,杰克念了一句咒语,只见叔叔的指甲变得越来越长,穿透了他的手掌心。杰克为了迎接叔叔的挑战,露出了"利爪",表现出自己原始的攻击性。在这个惊心动魄的时刻,杰克（"一只彻头彻尾的怪物"）转身大笑,而他的叔叔在大声尖叫,这显然影响了桑达克,进而影响了二十世纪中后期的美国儿童文学。

叔叔痛苦号叫的这个场景转回到《野兽国》,是我们看到迈克斯在得意地号叫——无处不在的"利爪"（迈克斯的狼装及野兽的爪子）凸显了这两个场景的同构性。而迈克斯欢欣鼓舞的情形,显然对应的是杰克战胜他叔叔时庆祝的场景。杰克的喜悦来自叔叔和婶婶因失败而遭受的痛苦,我们进而可以推测,这或许也是杰克失去双亲之痛的转移。迈克斯的皇冠则是"利爪"的一个换位——并非幼兽式攻击的象征,而是作为一种内在的能力,采用逾矩行为转移自己的痛苦。

我们在《野兽国》看到的扉页图像是情节反转的一个迭代,这种情节最初发生在《大绿皮书》中。桑达克在《大绿皮书》中有着明显的自我参照,从中读取了格雷夫斯早期更加明确的象征手法。这些溯源极具可信度,桑达克是出了名的易受影响——事实上,他也因此而闻名。他的作家朋友格雷戈里·马奎尔（Gregory Maguire）曾对桑达克改编比阿特丽克斯·波特的画作意有所指,他写道："没有哪个童书艺术家胆敢像桑达克那样恣意玩乐地借鉴。"切赫曾赞扬过桑达克的谦逊,他写道:"桑达克在采访中,常常对自己作为图画书创新者这一角色表示不屑一顾,甚至是拒绝,提及自己时总自称为'裁缝',而他的创作过程只不

过是将各种借来的设计或叙事元素'缝合'成一本书。"

桑达克笔下的野兽形象和格雷夫斯笔下的老人杰克的形象,也有着形神相似之处。我也看到过一张《野兽国》扉页的废弃草图,上面有一个小野兽代替了迈克斯的位置,这让我们更加清晰地认识到了这一点。从这个小野兽的胡子、大鼻子和具有象征意义的舞蹈姿势来看,这个害羞又有些危险的角色很可能就是杰克装扮的老人,但他也可能是迈克斯。野人迈克斯让人联想到老人杰克的几重身份,有人甚至认为,他就是老人杰克的象征。当然,桑达克最终为迈克斯选择了不同的伪装,而这仍然是以《大绿皮书》为基础的。

迈克斯穿着他的白狼套装,挥舞着一把爪状的叉子,让人回想起老人杰克的爪状手杖。而这一幅图画,似乎源自《大绿皮书》中最后一个转折性的情节——兔子反过来追赶那只总是追兔子的狗。如《大绿皮书》中其他反转情节一样,这其实都是杰克的杰作。在杰克的咒语下,被追赶的兔子转过身来,狠狠地在狗的鼻子上打了一下。狗跑开了,兔子追着它穿过田野,直到它们都消失不见。

剧情突然转变,或者说,情节朝着反方向发生转变,是《大绿皮书》的一个叙事特色,主要体现在两个方面:一是杰克和他那些古板的亲戚们之间的冲突;二是兔子和狗之间的冲突,而且最终它们的角色发生了互换。当然,这种情节逆转也是《野兽国》的叙事特色,如迈克斯和野兽之间的转换,以及母亲善意的管束和自由之间的转换。《大绿皮书》中的角色转换,也发生在叙述者(作者)与事件参与者之间,让

叙事方式更加多元化。《大绿皮书》中最为明显的表现是,当叙述者用正常的叙事语言讲述杰克正在读那本绿色封皮的大书时,叙述者突然又以自己的口吻插入这样一段话:

> 这些把戏是怎么做到的,我说不上来,因为这都是很久以前的事,何况那本大绿皮书如今也不见了。不过书中的大部分咒语,开头都是这样的:"先取长棍一枝,沿周身画魔圈一道于地面,继而深呼吸三次……"

这让读者以为叙述者曾经看过那本书一样,或者叙述者就是事件的参与者。这种叙事方式打破了虚构与现

莫里斯·桑达克
《野兽国》
蒲公英童书馆 / 贵州人民出版社

罗伯特·格雷夫斯,
莫里斯·桑达克
《大绿皮书》
蒲公英童书馆即将出版

莫里斯·桑达克
《野兽国》
蒲公英童书馆 / 贵州人民出版社

实的壁垒，增加了故事的真实性，令读者在阅读过程中产生强烈的代入感。这是诗歌艺术的一种表达层次，桑达克后期那些杰作更接近这一层次，比如《在那遥远的地方》和《笨笨阿迪》（Bumble-Ardy）。与经典悲剧情节一样，每一段故事都包含着恐惧，在阅读过程中，恐惧被逐渐唤起并具象化，但恐惧会在阅读的创造性行为中得到控制，并最终被克服。在《野兽国》中，这种创造性的、控制恐惧的阅读行为被转化为一场狂野的喧闹，画面冲破边框的限制，从约束性的文本中得到解放（连续两个满版跨页图），连带着读者也得到精神释放。

桑达克对迈克斯身着白色狼装的绘制，与他对格雷夫斯作品中兔子的绘制如出一辙，都是白色的外表、大大的脚丫和尖尖的耳朵。桑达克在创作《野兽国》的时候，那只兔子的形象必然印刻在了他的脑海里，这可能是一种无意识的借用，因为他创作了8幅类似的图画，必定会对此留下深刻的印象。

在《大绿皮书》中，当叔叔和婶婶正旁观"狗追兔子"的这场好戏时，杰克变成的老人突然宣布说："今天不会有兔子派了。"这一开场略显放肆地预示着，接下来将会有一个更为丰富而夸张的处理方式。桑达克采用了一种聪明的"书之魔法"，通过从下到上的顺序呈现分镜画面的方式来表现角色的颠倒——兔子对狗的反击与追逐从左页的底部开始，穿过书的中缝，然后持续向上，直到两只动物一起消失在右页的右上角。桑达克对书籍页面空间的掌控，使这场遭遇成为书中一个重要的戏剧性事件。迈克斯与那些野兽相遇的故事，同样利用了书籍空间来表现。

正如我在文章开头所指出的，桑达克仅在一篇文章中提到过罗伯特·格雷夫斯，除此之外，我从未看到过他在任何文件中提到《大绿皮书》，或与之有关的任何内容。可我认为，当他开始发表自己的凯迪克奖演讲时，他其实意识到格雷夫斯和《大绿皮书》对自己的作品有着巨大的影响，而他却"含糊其词"地将一切解释为自己的灵感①。我也没看到过格雷夫斯评论《野兽国》的任何文章。不过，1963年1

① 桑达克似乎不愿意让《大绿皮书》重印。2010年，当威廉·格雷夫斯（罗伯特·格雷夫斯的儿子）试图获得重印的权利时，他发现桑达克对此闪烁其词。这实在令人费解，因而他认为父亲与桑达克之间可能存在一些问题。

月 13 日,他在写给路易斯·昂特梅耶的一封信中,表达了对桑达克为《大绿皮书》绘制插图的感谢:"我忙到忘了感谢你请莫里斯·桑达克为《大绿皮书》创作插图。请替我谢谢他绘制了如此精彩的图画,这对拿到这本书的孩子们有很大影响。我希望你能请他继续为《两个聪明的孩子》(*Two Wise Children*)创作插图,除了他,我谁都不信任。"

是昂特梅耶无视了格雷夫斯的请求,还是桑达克拒绝了这个邀请?按照桑达克自己的说法,答案是前者。1981 年 5 月,在一次签售会上,我告诉桑达克,格雷夫斯对他的作品赞誉有加,并向昂特梅耶提出建议,希望邀请他继续为《两个聪明的孩子》创作插图。桑达克略带惊讶地说:"哦,我会受到谴责的。路易斯一个字也没说!"然后又告诉我,他没有《大绿皮书》。而我当时恰好随身带着一本,他问我是否能够送给他。幸运的是,我身后的一位书商说她有一本,而且她很乐意送给他——这样我就不必拒绝他了。◆

罗伯特·格雷夫斯,
莫里斯·桑达克
《大绿皮书》
蒲公英童书馆即将出版

打破常规，不只用一种形式讲故事

——邦雅曼·肖的创作背后

文／菲利浦－让·卡汀希
采访及翻译／臧恒静

[访 谈]

邦雅曼·肖的练习草稿

"我希望在我的插画中，颜色可以掩盖画面中的线条！"这句话是邦雅曼·肖亲口说的。他也曾经说过，上色让他感到厌烦。但对线条灵活自如的运用其实是邦雅曼·肖作品的最独特之处。

邦雅曼·肖出生于法国东南部的城市布里扬松，父亲是一位滑雪教练，同时也是一位养蜂人。邦雅曼是兄弟姐妹中的老大。他的家庭氛围自由而轻松，兄弟姐妹们都有各自的爱好：他的姐姐是人种学家，现在是纪录片制作人，住在马赛的弟弟则是制作乐器的手工艺人，而邦雅曼从小就对绘画情有独钟。

学生时期的邦雅曼热爱杰克·伦敦（Jack London）、托尔金（John Ronald Reuel Tolkien）、让·吉奥诺（Jean Giono）等人的文学作品，也对斯蒂芬·金（Stephen King）的书十分着迷。后来，他住在巴黎蒙马特区的教母家中，就读于法国高等应用美术与工艺学院。

毕业之后，在有一年的巴黎蒙特勒伊书展上，邦雅曼遇到了漫画家兼编剧让-克里斯托夫·乔齐（Jean-Christophe Chauzy），这一次的见面让他决定投身于为图书绘制插图的事业。之后，邦雅曼选择去斯特拉斯堡装饰艺术学院继续学习和深造。正是在那里，他遇到了对他影响至深的创作者——正与学生们交谈的奥利维耶·杜祖，并由此开始转向儿童图画书创作。1999年开始，邦雅曼在不同的出版社出版了一系列图画书。2002年，《花园小象波米诺》系列的问世，让邦雅曼和文字作者雷蒙娜·巴蒂斯库名声大噪。当邦雅曼还在马赛的工作室时，遇见了11岁就从罗马尼亚移民到法国的雷蒙娜·巴蒂斯库，在他们亲密无间的合作过程中，雷蒙娜的鼓励让邦雅曼增强了自信，他的个人风格变得越来越鲜明，并开始和众多国际创作者合作。同时，邦雅曼也开始自写自画，独立创作，并于2011年出版了图画书《熊爸爸之歌》，这本书完美呈现了他在叙事技巧方面的多样化，以及以自由奔放的线条为显著特色的画风。

编者按：臧恒静，旅法插画师，现居巴黎。2015年毕业于法国埃米尔·科尔美术学院，曾参与邦雅曼·肖插画展的策展工作。

臧：您走上儿童插画创作的道路，是出于什么原因呢？

邦：我曾就读于斯特拉斯堡装饰艺术学院，当时主要负责我们的老师是克劳德·拉普安特（Claude Lapointe），他也是一位插画家。在学校，我上了很多跟插画相关的课，毕业后，我开始从事插画工作，但我个人很喜欢童书。对我来说，童书不仅仅是给孩子看的，也同样适合成年人。所以，我现在正努力把自己的书做成大人和孩子都喜欢的作品。

臧：有人说您的作品风格与著名钢笔画艺术大师爱德华·戈雷（Edward Gorey）相似，对此您怎么看？您自己是否有创作偶像呢？

邦：其实，我并没有刻意去模仿谁，在创作的时候，我也没有想很多，但现在看来，《我没做作业是因为……》确实和爱德华·戈雷的风格有点儿相似。因为这本书是和美国出版社合作，我就想试着画得偏美式风格一些。我很喜欢爱德华·戈雷，也喜欢桑贝（Jean-Jacques Sempé）。我并不想也不希望我的作品是仅仅受一个人的影响，我希望可以从绘画、艺术、电影、戏剧、音乐等多个方面来激发自己的创作潜能。

臧：您在生活中有什么兴趣爱好吗？您觉得这些爱好对您的创作影响大吗？在生活当中会做些什么事情来激发自己的创作灵感呢？

邦：画画是我生活中最大的兴趣，它既是我的工作，也是我的爱好，我每天都在不停地画。我也喜欢爬山，喜欢在森林里徒步。在我行走的过程中，新的想法会出现在脑海中。画草图、读书、去博物馆、看电影，甚至是听音乐都能激发我的创作灵感。当然，最重要的一点是，要时刻保持好奇心。

臧：您在创作的过程中，考虑更多的是个人表达还是儿童的接受度？

邦：我为自己创作，我的作品传达的是我自己——我自己内心所想表达的东西。如果我被要求去完成一个作品，我是完全没有办法进行创作的，

我会被束缚住。当然，我在创作的过程中，也会时刻谨记我所面对的读者的年龄段。

臧：您与大卫·卡利（Davide Cali）合作了很多作品，能谈谈与他的合作吗？你们在合作中是否有意见不同的时候，您会怎样处理这种情况？

邦：跟大卫·卡利的合作一直都非常愉快。直到今天为止，我们都没有意见不合的时候。通常，大卫·卡利会把他的故事文本通过邮件发给我，我会根据对故事文本的感受做一些调研，然后才开始画草图。他的文字一般都比较简练，这给我在创作上留下了很多自由发挥的空间。当草图完成时，我就发给他看，他都会很喜欢。

臧：在《我没做作业是因为……》中，您设计了一只小狗，这只小狗几乎在每一幅画面中都会出现，但在故事文本中，小狗并不是主要人物，您为什么会这样设计？是希望借小狗来传达什么吗？

大卫·卡利，邦雅曼·肖
《我没做作业是因为……》
奇想国童书 / 海豚出版社

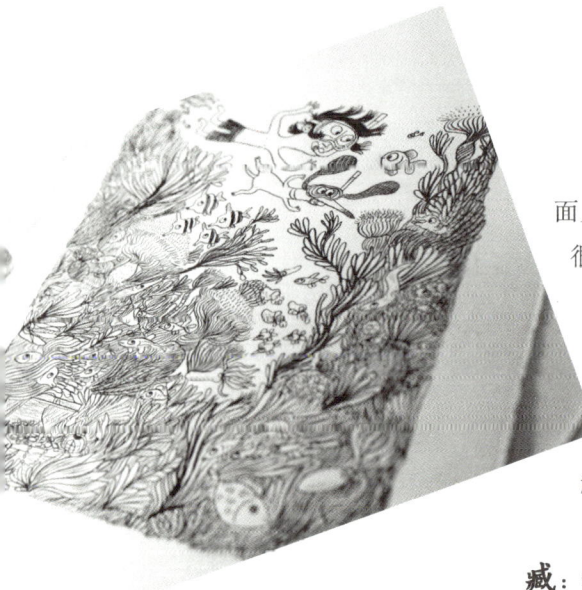

《不可思议的夏日之旅》原画

邦：开始的时候，我只在前面几页画了小狗，但编辑看到后很喜欢这样的设计，希望我加到每一页里。其实，小狗的出现就是在以我的视角看这个故事，我觉得这让画面多了一个维度，增加了插画的趣味性。

臧：《我没做作业是因为……》的每一幅画面都像一个小剧场，场景和人物都有很多隐喻，比如有电影的场景，也有来自经典故事的人物，像罗宾汉，还有一些历史事件。您为什么会做这样的设计？

邦：这个不是我的想法，这是大卫·卡利的想法。当我收到他的文本时，他已经在文字上做了一些描述。

臧：这个系列的作品已经出版了4本，前3本里面的主人公没有名字，可到了第4本《我在博物馆迷路了是因为……》中，小主人公突然有了一个名字叫"亨利"。为什么会突然想到给主人公起名字？

邦：哦，不是我！这是美国出版社的编辑决定的。其实是因为要制作动画片，而动画片的主角不能没有名字，所以必须取一个名字。我个人觉得，作为一本图画书，不给主人公起名字，其实会让读者有更多的代入感。

臧：这个系列还会有新故事吗？会是什么样的故事呢？

大卫·卡利，邦雅曼·肖
《大人从不这样做》
奇想国童书 / 明天出版社

邦：有的，第6本将会是一个关于太空的故事。

臧：您和大卫·卡利合作的新书《大人从不这样做》把视角转向了大人的生活，而且图画和文字对比鲜明，这让整本书呈现出很强的讽刺意味。为什么突然会想到创作这样一本图画书呢？

邦：其实，这是我们一起创作的第一本书，但因为各种原因，它并没有在当时出版。由于其他几本书很畅销，所以我们决定重新把这个故事制作出来。我们一直很想做反视角的书，觉得这样会让孩子们开心，会让孩子们觉得：哦，原来大人也会犯错，会做一些愚蠢的事情。

臧：《花园小象波米诺》的画风和其他作品风格完全不一样，色彩更加明亮可爱，而且画面之间的连贯性和衔接不是非常紧密。在创作中是如何对画面进行取舍的？您的插画是对故事文本的一种补充还是一种重合的表达？

邦：这一系列的创作方式稍微有点儿不一样。因为雷蒙娜是我的好朋友，我们在同一个工作室工作，她在她的工作台写文本，我在我的工作台画画。当我们有想法时，我们会随时进行讨论。

我们尝试让文本不讲述全部的故事内容，插画也不呈现全部的故事情节，而只有当两者结合在一起时才出现完整的故事。这样，插画和文本就形成一种相互补充的关系，有时甚至表达相反的意思，这会让读者在阅读的过程中有更多的自主性。

这一系列的风格是写实和抽象的结合,我们也会在这两者中间做切换。第一本的叙事手法相对单一,后面几本的叙事手法会相对复杂。我们希望能打破常规的节奏,并不只用一种形式去讲述故事。

臧:在您看来,绘画风格也是叙事语言的一种吗?您是怎样理解绘画风格的叙事意义的?您在创作的时候,是如何根据文字作者的文本来确定绘画风格的?是在读到故事之后就确定了最终的绘画风格,还是要经过多次尝试呢?

邦:绘画风格当然是叙事语言的一种。叙事本身不重要,重要的是你用什么样的方式来叙事,用什么样的方式把信息传递给读者,让故事能打动读者。在我看来,我的绘画并没有传递太多信息,但我尝试让我的书能做到给孩子们带去喜悦,启发他们的好奇心,让他们对阅读产生兴趣,可以去阅读更多的书。

在我的创作过程中,草图是很重要的部分。绘画的风格并不是马上确定的,而是在不断画草图的过程中,适合文本的绘画风格才会慢慢出现。这时候,我会很快决定用哪种形式去画,是水彩、水粉,还是电脑。

我希望每本书都有自己独特的风格,使用不同的技法。有的书,我是用电脑完成绘画的,比如《我没做作业是因为……》;而有的书,我用的是传统的绘画技法,比如《花园小象波米诺》,因为考虑到读者的年龄段,这一系列的造型相对比较简单,是用水粉来画的,水粉画会比电脑绘画质感更丰富。

它仿佛在用另一种方式观察生活。

臧:在中国,您的作品深受小读者和青年创作者的喜爱。在创作方面,请问您有什么建议送给中国的图画书创作者吗?

雷蒙娜·巴蒂斯库,邦雅曼·肖
《花园小象波米诺》
读小库 / 新星出版社

邦:我一直觉得在班级集体照里,我是最丑的那一个。当我的书跟其他作者的书摆在一起,放在橱窗里的时候,我总觉得自己的那本不如别人的。所以,我的建议是,要有自己的个人风格,要接受自己的不足。我认为这些不足正是我们每个人的个性,它会让你的作品更生动。还有,平时要多画速写。❖

《花园小象波米诺》的分镜草图

9 本与叙事相关的专业书籍

苏菲·范德林登曾在她的图画书分析专著《一本书读透图画书》中说:"图画书是一种多么新颖、自由的形式,且巧妙而难以下定义。事实上,所有试图确定这类书的运转规则的尝试,都失败了。对图画书原理的归纳和模型化,经常因为它的多样性和灵活性而变得困难,而且我们自认为确定的东西,也在持续地更新和变化。"

《画里话外:叙事》也力求在图画书的这一特点上做出探索。什么是叙事?什么是图画书的叙事?"文 × 图"这一特殊的构成又是如何叙事的?我们向三位主编阿甲、伦纳德·S.马库斯和苏菲·范德林登发出邀约,请他们推荐图画书叙事方面的专业书籍,以期发掘更多的可能性。

★ 阿甲推荐书目

1.《观赏图画书中的图画》

这原是一本将图画书视为审美对象而为普通读者准备的入门读本,但因其讲解简练而精准,举例恰当而清晰,更兼中文译者专业到位的努力,让它成了一本不可多得的工具书,适合读者作为欣赏图画书的称手指南,也适合研究者与创作者作为案头参考书。

全书的主体部分是前三章,介绍如何整体观察图画书,并且分不同的视觉元素从细部来观赏图画书,以喜多村惠(Satoshi Kitamura)的《小羊睡不着》和德博拉·金(Deborah King)的《阴天》(Cloudy)为例,演示观赏的具体过程,主要专注于:线条、形状和色彩是如何安排及组合在一起的;所选的媒材及其表现效果;表面上所呈现的及蓄意表现的。作者在几乎是逐页分析的过程中,分享了她从中获得的乐趣,也提供了很有价值的专业看点,还提供了从儿童视角欣赏的可能性的反应。

身为艺术教师的作者在第四章介绍了她借用图画书推广视觉教育的课程设计,并展示了相关的教学实例。虽然她设计的课程对象是12~14岁的孩子,课程周期4~6周,但感兴趣的读者可以将这样的章节看作一个纸上的"工作坊",运用前三章了解到的原理,体验独立研究图画书的过程。

与以上内容相配的附录部分也非常有实用价值。其一是实用术语摘要,这有助于帮助我们系统梳理和分析图画书图像叙事的相关元素,熟悉这些概念与名词也便于我们开展专业性的交流;其二是相关参考书的推荐,作者并没有简单地罗列书名,而是颇具个性地进行介绍与推荐,并结合了主体部分讨论的内容。作者推荐书的范围甚广,其中有多本也很适合在这里推荐,我这里仅列出有中文版本的书名:鲁道夫·阿恩海姆(Rudolf Arnheim)的《艺术与视知觉》、E.H. 贡布里希(E.H. Gombrich)的《艺术与错觉:图画再现的心理研究》、纳尔逊·古德曼(Nelson Goodman)的《艺术的语言:通往符号理论的道路》和佩里·诺德曼(Perry Nodelman)的《说说图画:儿童图画书的叙事艺术》。

---

1. Jane Doonan, *Looking at Pictures in Picture Books*, Thimble Press, 1993
(中文版由新疆青少年出版社出版,宋珮译)

2.《说说图画：儿童图画书的叙事艺术》

加拿大儿童文学理论家佩里·诺德曼的这本经院式图画书论著，虽然成稿于1988年，之后基本上没有更新，但它至今仍是讨论图画书叙事艺术绕不过去的经典参考书。

在这本书出版以前，罕有将图画书作为一种视觉艺术形式来系统探讨的理论专著。精研文字作品的诺德曼，大量借助阿恩海姆、贡布里希等人在艺术心理学与艺术哲学领域的理论工具，通过对三十多部经典图画书的细致分析，归纳并构建了颇为完整的分析图画书叙事艺术的理论体系，对此领域颇有开拓性的贡献。他从图画书的隐含观者论起，分整体视觉特征、风格的意义、视觉对象的语境意义、视觉重量和有导向的张力、动作描述和时间推移、图文关系、反讽关系、叙事节奏等多方面细致入微地展开分析。读者可以根据其构建的理论框架逐章阅读，也可以试着抽出自己特别感兴趣的书，如《比得兔的故事》《野兽国》《母鸡萝丝去散步》等，根据索引来对照阅读，渐渐就能领略其分析的缜密与架构的合理性。

诺德曼最具创见的部分，当属其对"图画书中的反讽"的论述，他从"艺术中没有幸福的婚姻——只有得逞的强暴"这一引据的论点出发，强调图画与文字因其内在差异，在结合中特有的互相角力乃至互相破坏的关系，因此所产生的张力让图画书的叙事更为成功，也更为迷人。

可以这么说，诺德曼为分析图画书叙事艺术提供了一套相当完整的语法体系，以其特别擅长的"把书读厚"的本领，将几十本经典图画书中的几百幅插画，根据这些语法细致地进行解读，并且让我们意识到，实际上还有更多秘密与乐趣有待挖掘。你不必完全赞同他的语法体系与分析方式，但在另辟蹊径之前仍然不得不由此开始，哪怕从批评和反对开始。当然，诚如作者在2017年的中文版序言中所说，在三十多年间，图画书本身及其相关领域已经发生了新的变化，即使他本人重写，也需要加入许多新的内容。但原书仍然有不可替代的价值。

3.《图画书为什么重要》

图画书叙事也许可以被看作一种专门技术，掌握在技艺精湛的工匠之手，可即使我们将这种技术细致地整理出来，依葫芦画瓢地模仿，也难以实现那些经典图画书震慑人心、余韵绕梁的效果。有时我们甚至忍不住将那些成功的图画书大师想象成魔术师，他们用的还是那些普普通通的材料，采用的叙事技术也不过如此，但创作的作品能令孩子和大人长久为之着迷。难道他们真的拥有某种魔法？

《图画书为什么重要》就是一本与这些"魔术师"促膝交谈的实录，他们有安野光雅(Mitumasa Anno)、约翰·伯宁罕、莫里斯·桑达克、罗伯特·麦克洛斯基、艾瑞·卡尔、彼得·西斯(Peter Sís)、威廉·史塔克、莫·威廉斯(Mo Willems)、莉丝白·茨威格等，都是在图画书星空中最耀眼的明星。这些谈话由童书史学家伦纳德·S.马库斯发起，往往从他们的童年开始，渐渐聊到他们在人生与艺术之路上的成长经历，逐渐引入他们印象最深或最为得意的图画书创作。在这样自然（通常也相当融洽）的交谈中，我们知道了那些"魔术师"的人生故事，也了解到许

2. Perry Nodelman, *Words about Pictures: The Narrative Art of Children's Picture Books*, University of Georgia Press, 1988
（中文版由蒲公英童书馆/贵州人民出版社出版，陈中美译）

3. Leonard S. Marcus, *Show Me a Story!: Why Picture Books Matter: Conversations with 21 of the World's Most Celebrated Illustrators,* Candlewick, 2012
（中文版由耕林童书馆/江苏凤凰美术出版社出版，阿甲等译）

多经典图画书创作背后的故事。你会发现,那些"魔术师"其实也是非常平凡的普通人,但他们独特的童年体验、丰富的人生经历、成长道路上不懈的探索与追寻,特别是那种超乎常人的真诚和执着,酿就了他们的"魔法"。那种魔法,或许就是他们在用自己的整个生命创作,而图画书中最精彩的内涵,往往得益于他们对自己童年记忆宝库的成功挖掘。正如桑达克所说,他并不是绘画技艺最好的画家,但他对自己童年的记忆至为深刻,这是他成功的秘诀之一。

这本看似不专门涉及图画书叙事的访谈集实际上谈到了许多图像叙事的秘密,因为这恰好是这些受访者的专长。如大卫·威斯纳在序言里所说:"图像阅读对孩子的成长相当重要。"而书中的艺术家对此有强烈的责任感,"他们的作品挑战并激发着孩子们迅猛增长的视觉认知能力。"读这样亲切且令人着迷的访谈,对于深入了解这些图画书大师的创作心路,一窥其非凡创造力的来源颇有帮助。

★ 伦纳德·S.马库斯推荐书目
译／常妮

4.《艺术家致艺术家:23位专业插画家与孩子们谈论他们的艺术》

2002年,位于美国马萨诸塞州阿姆赫斯特的艾瑞·卡尔图画书艺术博物馆开馆,成为美国第3家专门研究、公开展示和保存儿童书籍插图艺术的博物馆。5年后,卡尔邀请了23位插画家参与同一本书的创作,旨在为世界各地的读者提供一间"便携式博物馆"。每位插画家都需要提供一张自画像、一张童年照片和一份自述。为了展现插画家的创意生活,卡尔从每位投稿人的素描本和出版作品中选取了多达12幅具有代表性的插图。为了方便孩子们阅读,插画家的文字陈述简洁明了。这本书足以激发孩子们的灵感,尤其是那些梦想成为艺术家的在校学生,同时它也找到了一个年龄更长的成年读者群,因为它提供了许多关于工艺和创造性思维的具有洞察力的方法,这些方法造就了图画书经久不衰的价值。

莫里斯·桑达克在他的自述中,把插图描述为"对文本的补充和演绎,以便读者能够更好地理解文字所表达的内容。作为一名艺术家,你总是在为文字服务"。不过,桑达克补充说,插画家有很大的创作空间,"你永远没办法用图画精确表达文字内容。你必须在文字中找到空间,这样图画才能发挥作用。然后,你必须让文字接管其最擅长的部分。这是一种有趣的杂技表演。"也就是说,在叙事艺术的形式中,文字和图画都有自己的故事可讲。

艾瑞·卡尔在他的这部巨献中特意强调,图画书一般只有32页,在这样严格的限制性规格下工作极具挑战性,作者和插画家有义务将叙事提炼成最简单的形式,并确保最偶然的细节也有其重大意义。爱丽丝·普罗文森是美国二十世纪中期最伟大的图画书艺术家之一,她对自己从儿童艺术作品中汲取灵感发表了评论。"我看到过一个孩子的画,那是一幅乡村风景画,"她回忆道,"画面上有15棵看起来像棒棒糖的树,天上有太阳,也有月亮,还有一条疯狂流动的河。这幅画不太现实,却是一个设计奇迹。"

在这部覆盖面广泛的书中,还收录了包括美国插画家杰瑞·平克尼(Jerry

4. The Eric Carle Museum of Picture Book Art, *Artist to Artist: 23 Major Illustrators Talk to Children about Their Art*, Philomel Books, 2007

Pinkney)、罗斯玛丽·威尔斯（Rosemary Wells）、克里斯·范·奥尔斯伯格、澳大利亚插画家罗伯特·英潘（Robert Ingpen）和英国插画家昆汀·布莱克在内的其他艺术家的作品。

5.《视觉游戏：如何让你的设计讲故事》

作为一位资深的图画书作家兼插画家，莫莉·邦在这本书中揭示了叙事艺术的基本构成，并展示了插画家在构图、形式和颜色几个方面，即使做出最微妙的调整，也能改变读者赋予页面上的图像的意义。邦首先向我们展示了一幅图画，白色的背景中有一个红色的等边三角形，并邀请我们将三角形想象成故事中的一个角色。然后，她又考虑到三角形潜在的不同属性会对叙事产生不同的影响。一个像三角形这样简单而抽象的图像，用什么方法才能说它是有"情感内容"的？邦说，这个三角形"不令人喜爱，因为它有角。它让我感觉十分稳定。为什么？因为它有一个整齐、宽大而水平的底座。它给人一种平静或均衡的感觉，因为它的三个边是相等的。如果它更锋利，它看起来会更充满恶意；如果它更平直，它看起来则会更稳定；如果它是一个不规则的三角形，它会让我觉得失去稳定感。那么它的颜色呢？我们称红色为暖色，勇敢无畏而光鲜亮丽；同时，我又从中感受到危险、活力和激情"。

邦接下来建议我们把三角形看作一个特定的角色：小红帽。在这种情况下，她问："那么我该如何呈现她妈妈的形象呢？"显而易见的选择就是——一个更大的红色三角形，但这个结果令人非常不满意，因为更大的三角形会完全压倒故事中的女主角，成为更显眼的角色。那么，用不同的形状来代表母亲又如何呢？比如正方形？或者采用比红色更柔和的颜色？邦继续提问，如何在一幅同样抽象的风景画中将一个角色置于最好的位置，以最大限度地发挥该角色所带来的戏剧性影响。在本书后面的一个章节中，她以自己的图画书《菲菲生气了》来举例，用被自己验证过的设计原则来研读其中几幅更具绘画性的插图，向我们展示在有效的叙事艺术创作的背后，有着严谨的思维过程。邦对此所进行的详细分析，对我们理解视觉图像做出了极具价值性的贡献——无论是创作或出版图画书的人，还是仅仅希望更深层次地欣赏这一艺术的读者，都对此有着同样的兴趣。

6.《当玩具有了生命：动画、变形和发展的叙事》

赋予玩具生命，用它们作为主要角色讲述故事的传统，几乎和儿童文学本身一样古老。安徒生就曾对这类主题深深着迷。他创作的《坚定的小锡兵》《陀螺和皮球》等童话就是最好的证明。在安徒生看来，儿童比他们的父母更能敏锐地感知周围的世界，因为他们的心灵更自由，能自如地穿梭往来于幻想与现实世界之间。在这本书中，关于安徒生对这种洞察一切的儿童视角的表述，作者路易斯·罗斯托·库斯内茨巧妙地将其概括成一种感觉，即"物质世界的一切就在意识世界的门槛边活动，它们大声喧哗，只是人类听不到这样的声音"。

因此，可以将有生命的玩具看作是儿童活跃的内在意识的外在投射。正如库斯内茨所说，以这类形象为角

5. Molly Bang, *Picture This: How Pictures Work*, Revised and Expanded 25th Anniversary Edition, Chronicle Books, 2016（中文版由后浪出版公司/湖南美术出版社出版，卫俊译）

6. Lois Rostow Kusnets, *When Toys Come Alive: Narratives of Animation, Metamorphosis, and Development*, Yale University Press, 1994

色的故事，主题范围非常广，不仅涵盖人类最基本的"希望、需求和欲望，也囊括了人类的焦虑和恐惧"。

尽管本书选用的例证大多数来自儿童小说，比如卡尔洛·科洛迪的《木偶奇遇记》、拉塞尔·赫班（Russell Hoban）的《老鼠和他的孩子》（The Mouse and His Child）、A.A. 米尔恩的《小熊维尼》，但库斯内茨指出，图画书作家与插画家们对"玩具拥有生命"这一主题也有深刻的共鸣。它在表现人类情感生活方面，同样包罗万千，覆盖面极广。蝶尔·赖特（Dare Wright）的摄影图画书《孤独的洋娃娃》（The Lonely Doll），讲的就是一个无父无母、名叫伊迪丝的洋娃娃，和一个愿意跟她做朋友的泰迪熊的故事。在这个诞生于1957年的经典故事中，情感的焦点直指儿童对被孤立、被遗弃的敏感，以及对不完全真实的犹疑——在两个玩具主人公做出选择时，这一点表现得非常清晰。与这则忧郁的寓言相反，李欧·李奥尼（Leo Lionni）在《亚历山大和发条老鼠》中将世界描绘成一个令人激动但充满现实问题的地方。他邀请读者自己做出抉择，到底是做一个精致昂贵的玩具老鼠好，还是做一只真正的老鼠好——既然要做真正的、活着的老鼠，就得明白没有人可以永生。

★ **苏菲·范德林登推荐书目**
译／李学敏

7.《小说里的人物效应》

这是一部稍显复杂的作品，属于传统文学理论的范畴，但在研究儿童文学，尤其是克劳德·旁帝的作品时，我经常会深入研究这部著作。它所研究的课题是：通过阅读重新思考人物的定位，而不是从传统的叙事角度出发。一个角色在一部小说中会如何发展，需要考虑读者在阅读中会有什么感受，读者会以什么角度思考人物的发展和结局，因为人物是儿童读物中的关键元素。同时，阅读这部作品也可以帮助我们分析叙事线索，理解作品的原动力以及与读者互动的可能性。这本书将阅读分成三个体系：感知、接收和共鸣。对于儿童文学来说，"接收"是最高效的部分，因为这部分检验了读者和人物之间的关系。而这三种阅读体系是相互关联的，并和读者的三种阅读状态相匹配：文学品鉴型，文本的架构首先可以让读者努力去猜测故事中人物的走向，读者会努力理解故事的结构，并能够通过揣摩作品的巧妙设计获得乐趣，比如品味一首打油诗；情节主导型，读者完全被故事情节所牵引，而且还会"陷入"文本所设定的惊喜；共鸣引导型，通过阅读，读者感受到了作品传达的潜在信息，从而使他们的想象得到了满足，且迎合了读者的直观感受。一个读者会随着作品不同的叙事风格而拥有不同的阅读状态，我们所要关注的是如何在作品中平衡这三种阅读状态。在克劳德·旁帝的作品中，我们可以清楚地看到他如何通过运用一系列基本的叙事技巧引发读者的共鸣（通过文中出现的食物或产生的情绪等），如何引导情节主导型读者阅读紧张的情节。克劳德·旁帝也会在不同的书页通过细节、参考内容及注释的对照呈现，给文学品鉴型读者留下很多思考空间——虽然这也会给情节主导型读者所喜欢的连续线性阅读造成一些障碍。

7. Vincent Jouve, *L'effet-Personnage dans le Roman*, Presses Universitaires de France, 1992

8.《艺术的童年》

艾姿碧塔在2018年离开了大家，但她留下了大量独特而饱含情感的著作，她的作品将细腻精致的图画和苦难的故事相结合，就像查尔斯·狄更斯（Charles Dickens）和A.A.米尔恩同时进驻了一个艺术家的身体！

《艺术的童年》是一本创作思考笔记和回忆录，其中充满了感性色彩。艾姿碧塔详尽地叙述了她创作和思考的历程，以及她创作的原动力与永不枯竭的灵感源泉——童年的记忆。艾姿碧塔的童年和战争紧密相关，战争年代的颠沛流离和生离死别，以及她和教母在法国阿尔萨斯的童年生活，都建构和丰富了她的成长经历，尤其是在教母身边生活的那几年，激发了她无限的想象力，尽管这种想象与动乱的环境以及战争背景下物资极度匮乏的艰难岁月格格不入。

除了为我们讲述精彩的故事，这本书也对创作图画书，特别是文字与图画关系的探讨有重要的启迪意义。她在书中阐释了她是如何在接受残酷的现实后开始绘画的，但她通过连续的"滤色镜"将艰苦的现实柔化（运用柔和的线条、拟人手法，使用内部框架、合适的纸张材质等）。为了使语言显得不那么生硬，她经常会运用诗歌常用的比喻手法，如用"带刺篱笆"将两个主人公分开，却避免使用"铁丝网"这样令人害怕的词汇。

这本情感细腻的书能给人启发，使人获益，我从中学到了一句经典的话，这句话伴随了我20年来的文学评论生涯："孩子和艺术家生活在同一个国度里。这里没有边界，却千变万化。在这里，各种不同的词汇可以被任意拆分与组合；在这里，小猫会在叶丛中露出新月般的微笑。"

9.《形状游戏》

创作者以自己的作品为研究对象而完成的著作往往让人受益匪浅，特别是当创作者描述自己的创作过程，以及故事背后所蕴含的深层创作动机，甚至还以一种旁观者的角度客观审视自己的作品时。

这本书的第一部分使读者对安东尼·布朗的个人经历有了一个直观的了解，比如文中作者对他父亲的男性力量进行了大篇幅的描写，这一点我们也能在安东尼·布朗的艺术表达中清晰地感觉到。而也正是这一点，使安东尼·布朗的作品令人印象深刻。他也详细讲述了他17岁那年所经历的一幕。他目睹了生命垂危的父亲忍受着苦痛的折磨，并最终在他面前死去。他笔下走到生命尽头的大猩猩形象，就是这个可怕的现实的反映，并且在情感意义和象征意义上明确了大猩猩是唯一能贴切地代表伟大父亲的形象。

在第二部分，安东尼·布朗着重分析了自己的创作。他对自己的作品进行了几近极致的分析评论。在《画里话外：儿童的想象》中，菲利浦-让·卡汀希曾经深刻地评析过图画书《小凯的家不一样了》，我自己曾经也很深入地研究过这本图画书。但是我和卡汀希一样（也和这本书的所有评论者一样），我们都忽略了一个意义深远的细节：布谷鸟侵占巢穴的象征意义。我们在《小凯的家不一样了》的画面中看到了一个简单的鸟巢和一些鸟蛋，而且这一画面在很多页面都出现了。对布谷鸟这一细节的重要性，安东尼·布朗是这样解释的：这让我们明白家里新生儿的出现让小主人公多么生气，他担心刚

8. Elzbieta, *L'Enfance de l'Art*, Editions du Rouergue, 1997

9. Anthony Browne, *Playing the Shape Game*, Doubleday Childrens, 2011

出生的婴儿会过分依赖父母。这是一个极小的细节，也只有作者可以做出解释。

真诚和谦逊是这本书里所体现的作者的重要品质。安东尼·布朗直截了当地提到了他的失误，以及创作初期遇到的困难，比如，推翻原稿重新创作，众多绘画作品半途而废。他也毫不犹豫地带领读者回到这幅画或那幅画最初的创作过程，向读者解释开始创作这些画时的小插曲和偶然性，比如在作者提到《汉赛尔与格莱特》的最后一幅图中，我们透过门框可以看到父亲挡住光背对着我们，但我们并不能很清楚地看到父亲的双臂，这样的构图其实是因为，作者很难画出孩子们脸上能够感染读者的真诚笑容。❖

[我的第一本图画书]

《光》

女孩对面的房间搬进来一个男孩。看到男孩的第一眼，女孩的心怦怦直跳。为了吸引男孩的注意，女孩戴上面具，装扮成不同的样子出现在男孩的身边，可惜男孩从来没有注意到她的存在。渐渐地，女孩习惯了戴着面具生活……对女孩来说，男孩的突然出现就像照亮生活的一束光。可是，真正属于她自己的光应该是什么呢？

大眼睛

本名陈希，新生代原创图画书创作者。本科就读于湖北美术学院动画专业，毕业后以专业第一名的成绩考入意大利博洛尼亚美术学院插画出版专业。毕业作品《光》以丰富的情感表达与故事创意深受导师欣赏。

专家点评：

陈希以一种超出她年龄的阅历，以及充满游戏活力和人性忧郁的真挚，向我们讲述了一个关于爱的故事。故事中的人物戴着动物面具，我们从中可以看到很多东西：除了愉悦之外，流淌着一种微妙却略带痛苦的感受，这使角色呈现出可爱却脆弱的双重特性，甚至触及了某种深层次的悲伤。不过，文字并没有悲伤的语调，但在图画的配合下，烘托出一种人类内心深处的回响：与他人沟通交流的渴望。

——意大利博洛尼亚美术学院教授　埃米利奥·维拉